D1695632

Lars Gustafsson
Palast der Erinnerung

Aus dem Schwedischen von
Verena Reichel

Carl Hanser Verlag

Die Originalausgabe erschien 1994 unter dem Titel
Ett Minnespalats. Vertikala Memoarer
bei Natur och Kultur in Stockholm.
Die deutsche Ausgabe ist eine vom Autor autorisierte
und durch Originalbeiträge ergänzte Auswahl.

1 2 3 4 99 98 97 96

ISBN 3-446-18528-3

Gesamtherstellung: Clausen & Bosse, Leck
Printed in Germany

Da gelange ich zu den Gefilden und weiten Hallen des Gedächtnisses, wo aufgehäuft sich finden die Schätze unzähliger Bilder von wahrgenommenen Dingen aller Art.

Augustinus von Hippo: *Bekenntnisse*,
Zehntes Buch, VIII.12
(Übersetzt von Wilhelm Thimme)

Ein Palast der Erinnerung

Donnerstag

Bei den Schriftstellern der Antike, besonders den römischen, etwa bei Cicero, findet man stets eine nachdrückliche Unterscheidung zwischen dem, was sie das »natürliche« und das »artifizielle« Gedächtnis nennen.

Ersteres ist uns von Gott gegeben, es ist unter anderem das, was die Psychologen als *eidetisches* Gedächtnis bezeichnen, also eines, das genau und scheinbar nahtlos visuelle Wahrnehmungen aus der Vergangenheit wiederherstellt. Dazu gehören aber auch all die anderen Formen.

Was mit dem artifiziellen Gedächtnis gemeint war, darüber hat lange eine gewisse Unklarheit geherrscht, bis ein anonymes Rhetorikhandbuch aus den achtziger Jahren vor unserer Zeitrechnung auftauchte, *Ad Herrenium* genannt, nach der Person, der es gewidmet ist. Dieses Buch ist, wie Francis Amelia Yates in ihrem wunderbar inhaltsreichen geschichtlichen Überblick *The Art of Memory* (*Gedächtnis und Erinnern,* Berlin 1966) feststellt, die wesentliche Quelle unseres Wissens über die Erinnerungskunst der Antike. Eine Kunstart, die im Mittelalter noch wesentlich an Bedeutung gewinnen sollte und während der Renaissance höchst faszinierende und halsbrecherische Konstruktionen hervorbrachte, mit einer tiefgreifenden Wirkung auf Literatur, Architektur und Philosophie.

Der anonyme Verfasser von *Ad Herrenium* (das Buch wird oft fälschlich Cicero zugeschrieben) spricht zu einem

Kreis von Jüngern, die bereits in großen Zügen wissen, worauf das Ganze hinausläuft. Er muß ihnen lediglich eine Anzahl Regeln an die Hand geben; wie diese anzuwenden sind, ist ihnen bereits bekannt.

Was nun gesagt wird, klingt für den modernen Leser zunächst so bizarr, daß er meint, Science-fiction zu lesen.

Das artifizielle Gedächtnis stützt sich auf Orte und Bilder, sagt der Verfasser von *Ad Herrenium*. Der Ort kann ein Haus sein, eine Straße, ein Platz mit vielen Säulen. Welchen Ort wir auch wählen, sollten wir stets darauf bedacht sein, daß er gut beleuchtet ist und daß wir in unserem natürlichen Gedächtnis vollständige Kontrolle über seine verschiedenen Lokalitäten haben. Der Abstand zwischen den Säulen sollte nicht zu klein sein, sie dürfen nicht so einförmig sein, daß wir die Orientierung verlieren. Dem kann man vorbeugen, indem man beispielsweise elegante mythologische Statuen zwischen die Säulen stellt. Der Verfasser warnt davor, einen *locus* zu wählen, der von vielen Personen bevölkert ist. Diese könnten die Sicht verdecken und überhaupt die Aufmerksamkeit ablenken.

Man darf die einzelnen Räume oder Straßen auch nicht zu groß machen, sonst könnten die aufgestellten Erinnerungen in einer solchen Entfernung landen, daß wir sie nicht auf Anhieb erkennen.

Auf dieser ursprünglichen Struktur schreibt der Gedächtniskünstler ungefähr so, wie der Schreiber mit seinem Griffel in Wachs schreibt, nur daß es ein rein psychischer Prozeß ist. Er stellt Bilder auf. Will man in einer politischen Rede (dies ist das Beispiel von *Ad Herrenium*) militärische Fragen behandeln, zuerst zu Land und dann zur See, kann man in eine Nische ein Schwert stellen und in die nächste einen Anker.

Wie F. A. Yates ausführt, erhält man bei der Lektüre einen fast unheimlichen Eindruck davon, wie sich der antike Rhetor durch eine imaginäre Straße oder über einen Platz bewegt, im klaren, nein, überwirklichen Tageslicht des eidetischen Gedächtnisses, sich nach rechts und links umsieht und bald hier, bald da ein Erinnerungsbild aufschnappt, in der richtigen Reihenfolge und mit der Präzision eines Computerprogramms.

Die Bilder, *imagi*, sollen drastisch sein, sie müssen so treffend, abstoßend oder witzig sein, daß sie uns unmöglich abhanden kommen können. Setz Hermes eine komische Kappe auf. Laß ihn in der einen Hand einen toten Hund halten und in der anderen eine Axt...

In meinem Palast der Erinnerung will ich einen drolligen Zwerg haben, mit den Zügen meines Mathematiklehrers, Magister Öhrström. Er spielt mit einer dicken Goldkette, die um drei Finger der linken Hand geschlungen ist. Das ist die Kettenregel für die Ableitung bei Differentialgleichungen...

$$\frac{dy}{dx} = \frac{dy}{dz} \cdot \frac{dz}{dx}$$

Oder wir plazieren in einem Zimmer meines Palasts auf einem Sofa eine blaugeschminkte Prostituierte, dem Zimmer zugekehrt, und geben ihr eine grüne Rose in die rechte Hand und eine rote Rose in die linke. Ihre Handtasche steht neben ihr, sie ist nämlich gerade im Aufbruch begriffen. Links von ihr liegt eine Ausgabe der *New York Times*, deren erste Seite von oben bis unten mit einer Zahlenreihe bedeckt ist. Setze ihr dann eine phrygische Mütze auf den Kopf, gekrönt von einem Andreaskreuz, und du erhältst drei wichtige internationale Schiffahrtszeichen und mehrere Regeln für deren Anwendung.

Im Mittelalter und in der Renaissance gewinnt die *ars commemorativa* ungeheuer an Bedeutung und erobert auf seltsame Weise immer mehr andere Gebiete. Als der Jesuitenmissionar Matteo Ricci in China sein Erinnerungshandbuch schreibt (auf chinesisch), hat der Palast der Erinnerung bereits kaiserliche Proportionen angenommen. (Über Matteo Ricci hat Jonathan Spence ein wunderbares Buch geschrieben, *The Memory Palace of Matteo Ricci*, in dem wir nicht nur viel über die Erinnerungskunst erfahren, sondern auch über ein faszinierendes Missionarsleben im China des ausgehenden 16. Jahrhunderts.) Die Sonnenstadt in Tommaso Campanellas berühmter Utopie *Der Sonnenstaat* von 1602, mit sieben Ringmauern in sieben konzentrischen Kreisen, deren Innen- und Außenseite mit Bildern sämtlicher Arten aus dem Pflanzen-, Tier- und Mineralreich bedeckt sind, ist ganz offensichtlich eine Stadt der Erinnerung. Doch diese Stadt der Erinnerung ist zugleich eine Utopie. Der Traum fängt sozusagen an, in die Außenwelt zurückzuprallen. Giulio Camillo konstruiert ein imaginäres Theater der Erinnerung, mit Platz für F. A. Yates' unendliche Faktenmengen, hierarchisch geordnet. Ist Palladios wunderschönes wirkliches Theater in Vicenza womöglich beeinflußt vom imaginären des Camillo?

Ja, Frances Amelia Yates geht in ihrem Buch so weit, daß sie die kühne Vermutung wagt, Dantes *Commedia*, mit ihren drei mal dreißig Kreisen, sei in Wirklichkeit (unter anderem) ein gigantischer Palast der Erinnerung. Oder, wie man vielleicht sagen könnte: eine Welt der Erinnerung.

Bei Lullus und anderen interessanten Philosophen der Renaissance, wie Bruno, nehmen die Paläste der Erinnerung allmählich den Charakter von philosophischen Systemen an, Maschinen, nicht nur zur Erinnerung, sondern auch zur Erforschung der Welt. Doch ein Räsonnement über diese Zusammenhänge führt uns schon sehr tief hinein in einige der hermetischsten Regionen der Renaissancephilosophie und vermittelt vielleicht eine Ahnung von den kontemplativen Techniken, die uns verlorengegangen sind, jedoch auch zu unserem europäischen Ideenerbe gehören.

Die gesamte Kunst der Erinnerung, *ars commemorativa*, ist ein faszinierendes Zeugnis davon, wie die Gelehrten der Antike, des Mittelalters und der Renaissance in einer Welt mit begrenztem Zugang zu Schreibmaterial und ohne Computer zurechtkamen. Faszinierend ist die eidetische Deutlichkeit, die elegante Leichtigkeit, mit der sich offenbar die großen Erinnerungskünstler, ein Cicero, ein Ricci, in ihren riesigen Palästen der Erinnerung bewegten. Ricci hat die chinesischen Ideogramme gut genug gelernt, um in dieser Sprache eine gelehrte Abhandlung über das Gedächtnis zu verfassen.

Sind wir schlechtere Eidetiker geworden? (Ich finde, in Jan Myrdals Kindheitsschilderungen, beispielsweise von New York und dem Hudson, gibt es tatsächlich Passagen, die auf ein für unsere Zeit ganz ungewöhnliches eidetisches Vermögen hindeuten, doch das ist das einzige Beispiel, das mir auf Anhieb einfällt.) Oder sind wir noch immer gute Eidetiker, die ganz einfach eine interessante Seite unserer eigenen Psyche vergeuden?

Frances Amelia Yates betont im Vorwort zu ihrem Buch, sie sei Geisteswissenschaftlerin, nicht Verfasserin eines Lehrbuchs. Sie behauptet, sie selbst habe noch nie ausprobiert, wie es ist, sich einen Palast der Erinnerung zu bauen und Erinnerungen, die man zu behalten wünscht, in seine *loci* einzuschreiben. Es erscheint einem sonderbar, daß eine Geisteswissenschaftlerin, die einen Großteil ihres Lebens mit diesem Thema verbracht hat, nie die unwiderstehliche Versuchung empfunden hat, es selbst auszuprobieren.

Oder gibt es da eine Angst? Wovor? Etwa davor, Dinge zu finden, die wir nicht hineingestellt haben, in verborgenen Winkeln?

Freitag

Gestern abend, kurz vor dem Einschlafen, habe ich mir einen Palast der Erinnerung konstruiert. Ich versichere, es hat nicht länger als fünf Minuten gedauert.

Ich habe das Gymnasium von Västerås gewählt, so wie es 1947 aussah, als ich dort anfing. Die Maße dürften etwa denen des Parthenon entsprechen, ein neoklassizistischer Bau mit einer Fassade von circa einhundert Metern Länge, vierzig Meter tief, zweistöckig.

Man steigt fünf hohe, abgetretene Treppenstufen hinauf und öffnet eine der beiden mächtigen braunen Holztüren, von denen die linke knarrt. Dann steht man in einer Art Atrium (bei Gelegenheit werde ich es mit interessanten Statuen bestücken). Hier verzweigen sich die Gänge nach rechts und links, wo die Sexta und die Quinta ihre Klassenzimmer haben. In der Mitte eine breite, monumentale Treppe, die sich ebenfalls vom ersten Absatz an nach rechts und links teilt. Dann kommen die Räume der höheren Klassen. Links von der Treppe ist die stinkende Schultoilette, mit einer Reihe von zwanzig Pissoirs und ebenso vielen türlosen Kabinen. Ich bin sicher, auch für diese *loci* werde ich eine gute Verwendung finden. Bizarre Figuren mit sonderbaren Attributen in den Händen werden an schwierige Wörter in fremden Sprachen oder Ähnliches erinnern.

Im obersten Stockwerk führt der linke Korridor zum Musiksaal, vorbei am gefürchteten Amtszimmer des Direktors, und rechts gelangt man durch den Korridor in die Aula, mit ihren Pilastern und Wandfeldern ein wunderbarer Raum für einen Palast der Erinnerung, den ich bis in die kleinsten Details kenne, von rund achthundert Morgenandachten und zahllosen Klassenarbeiten, bei denen man nicht zu früh abgeben wollte, um nicht nachlässig zu erscheinen, und also darauf angewiesen war, die Wände zu betrachten. Ein Mittelgang und ein Quergang teilen die Stühle mit ihren Klapptischen in vier Felder auf. (Hier wäre so etwas denkbar wie *Amerika, Europa, Afrika* und *Asien.*)

Die Porträts an den Wänden von Johannes Rudbeckius, seiner Gattin Katarina und dem Richter Böttiger werde ich eventuell gegen andere austauschen (wie überhaupt die skulpturale und pittoreske Ausschmückung noch längst nicht feststeht). Es ist aber auch möglich, daß ich Verwendung dafür habe. Dasselbe gilt für die Büsten der Poeten Karlfeldt und Silfverstolpe, die den obersten Treppenabsatz flankieren.

Eine Besenkammertür links neben dem Zimmer des Direktors führt auf den Speicher der Schule. Im Lehrerzimmer bin ich ein einziges Mal gewesen, um den Lehrern nach dem Abitur zu danken. Ich beabsichtige, es zur Aufbewahrung von unbekannten und unerforschten Projekten zu benutzen. Es soll eine ähnliche Funktion haben wie die unbekannten Variablen einer Algebra.

Ich habe sozusagen gerade mit dem Einziehen begonnen. Sollte der Palast der Erinnerung einer Erweiterung bedürfen, bleibt mir noch der Neue Annex mit seinen muffigen Chemiesälen und dem Zeichensaal im Obergeschoß (ein Werk des interessanten Architekten Erik Hahr), und zudem der Alte Annex, in dem das biologische Museum, der Erdkundesaal und die Schautafelsammlung mit ihren Tausenden von hängenden Tafeln genügend Platz für verschiedene hierarchische Arrangements bieten dürften. Aber noch habe ich das Gefühl, ich hätte erst einen winzigen Teil meines Palasts der Erinnerung möbliert. Das Vorbild in der Wirklichkeit habe ich seit einem Frühlingstag in den fünfziger Jahren nicht mehr besucht, aber es ist merkwürdig, mit welcher Sicherheit das innere Auge sich in einem solchen Gebäude zurechtfindet, das einst den kleinen Jungen tief beeindruckt hat. Dies alles habe ich in das starke Mittagslicht eines Julitages verlegt, an dem die alte Schule natürlich leer ist.

Den antiken Ratschlägen gemäß habe ich alles menschenleer gemacht, bis auf Spinne, den ich auf ewig dazu verdonnert habe, auf seinem schwarzen Herrenrad um den Block zu fahren, und den exzentrischen Studienrat Carl Julius Ålborg, den ich im Schulhof auf und ab spazieren lasse, in einem schwarzen Mantel, die Hände auf dem Rücken verschränkt. Ich vermute nämlich, man kann ihn auf die Suche nach bestimmten Dingen schicken. (Eine Errungenschaft, die bei Autoritäten der Renaissance meines Wissens nicht vorkommt, jedoch einen Versuch wert ist;

dieser Mann hat mir einmal mit seinen Lederhandschuhen eine Ohrfeige verpaßt, als ich ungefähr dreizehn war, und so denke ich, ein bißchen Arbeit wird ihm guttun, jenseits der normalen Zeit und des normalen Raums, hier an diesem eigentümlichen Ort. *Aus dem er genausowenig herausfindet wie Spinne.*)

Jedes Klassenzimmer habe ich mit fünfzig Haken draußen auf dem Korridor ausgestattet – eine gute Zahl, um Jahreszahlen daran aufzuhängen. Noch ist es da ziemlich leer, aber im Erdgeschoß steht auf dem zwanzigsten Mantelhaken von Klasse 1 : 5 C eine kleine winterfeste Pflanze in einem Blumentopf mit einem »H« in Hochrelief darauf. Das ist die Jahreszahl des *Ad Herrenium*, versteht sich. Ich vergaß zu sagen, daß die Blume gelb ist. Jahreszahlen vor unserer Zeitrechnung haben gelbe Attribute, die anderen blaue. Wenn ich also die Jahreszahl von Hegels *Phänomenologie des Geistes* einsetze, lande ich bei einem Mantelhaken in dem längst verschwundenen Gebäude in der Kyrkogatan 10, und zwar mit einem blauen Attribut. Was soll ich nehmen? Ein blaulackiertes Dreirad für Kinder? Ich sehe ein, es kann mühsam werden, wenn ich an demselben Haken etwas aufhängen muß, was im Jahr 1810 vor unserer Zeitrechnung geschehen ist. Kommt Zeit, kommt Rat.

Man macht interessante Anfängerfehler, wenn man eine ausgestorbene Kunstart wiederbeleben will. Beim Einzug habe ich einen Kinderwagen, einen modernen amerikanischen Poolreiniger (der sich wie ein Knäuel von Schlangen an den Wänden des Schwimmbeckens entlangwindet und sie sauber hält), und einen Porzellanhund mitgebracht, drei *imagi*, welche die ersten drei Kapitel meines Romans *Die Sache mit dem Hund* darstellen.

Als ich heute nachmittag zurückkam, waren diese Gegenstände nicht mehr aufzufinden, bis ich entdeckte, daß der geöffnete linke Türflügel (die Türen gehen nach innen auf) sie verdeckte. Ich hatte sie einfach an einen ungünstigen Platz gestellt.

Statt das Mißgeschick durch Umräumen zu verschlimmern (das tut man nicht im Palast der Erinnerung), betrete ich das Gebäude jetzt durch die rechte Türhälfte.

Aus meinen vierziger Jahren

Sonntag

Es gibt zwei allgemein verbreitete Vorstellungen, die mir lange so bizarr erschienen sind, daß ich annahm, wer sich dazu bekennt, müßte heucheln und lügen. Allmählich habe ich begriffen, daß manche Menschen die Welt tatsächlich so erleben.

Die erste ist, man würde morgens munter und lebenslustig aufwachen und gegen Abend langsam müde werden. Ich bin bis ungefähr zehn Uhr vormittags ein psychisches Wrack, grundsätzlich zu nichts zu gebrauchen, bis ich dann langsam anfange, die Schlagzeilen in der Zeitung zu verstehen, und um elf Uhr abends fühle ich mich geistig wie ein Sinfonieorchester, das gerade ein lebhaftes Scherzo spielt. Morgens ist man natürlich todmüde, abends hingegen munter und optimistisch. Wie könnte es anders sein?

Die zweite Vorstellung ist, die frühe Kindheit wäre ein besonders schönes und stimulationsreiches Alter. Mir ist meine frühe Kindheit als entsetzlich langweilig in Erinnerung. Nicht einmal eine weiße Maus kommt darin vor, nur ein endloses, mürrisches Warten darauf, daß der Schatten auf dem Teppich weiterrückt, daß Papa von der Arbeit nach Hause kommt oder mich zu einem Sonntagsspaziergang mitnimmt. Diese Spaziergänge waren nicht ausgedehnt; oft führten sie zu einem dürftigen kleinen Park, der Ragvalds Hügel hieß, und dort spielten wir eine simple Form von Verstecken. Es bestand darin, daß mein Vater davonlief und sich hinter Baumstämmen versteckte, und ich mußte ihn suchen. Ich weiß auch noch, wie es war, ganz oben auf einem in meiner Erinnerung gigantischen Stein zu sitzen, und ich erinnere mich – als wäre das besonders wichtig – an das braune, knöcheltiefe, stehende Wasser einiger Pfützen im Felsgrund und an die wunderbaren Effekte, wenn das Sonnenlicht auf den Boden dieser kleinen Mulden mit dem braunen, stehenden Wasser traf. Auch an die herabgefallenen Zweige der Lärchen erinnere ich mich sehr genau, weil sie aussahen wie Tabakspfeifen mit langem Stiel.

Meine Mutter hat uns auf diesen Spaziergängen nie begleitet, und ich glaube, in der Regel kamen sie deshalb zustande, weil die Eltern es vorübergehend satt hatten, sich zu streiten. Was sie sonst fast pausenlos taten. Mit einer dumpfen, unauslöschlichen Energie.

Interessanterweise kann ich diese Erinnerungen anhand unabhängiger Kriterien, nämlich mit Hilfe einiger datierter Fotos, zeitlich lokalisieren. Es ist das Jahr 1939. Ich spreche also von Lars Gustafsson in den Dreißigern! Ein Zeitgenosse von Heidenstam und Silfverstolpe! Ein kleiner Junge, fürsorglich mit einer dieser lustigen Fliegerhauben ausstaffiert, die man den Kindern in den dreißiger Jahren aufsetzte, weil es einerseits kein Penizillin gegen Ohrentzündungen gab und weil andererseits der Flieger der Held des Tages war, genau wie der Rennfahrer. Die weiße Haube trägt sogar ein Fliegerabzeichen.

Meine zweite Erinnerung an die dreißiger Jahre ist der Zigarettenrauch meines Vaters, der sich im Wohnzimmer in einer bestimmten Höhe in blauen Wolken ablagerte. (Ich sage Wohnzimmer, aber eigentlich gab es kein anderes Zimmer, der Rest bestand aus einer Diele, kombiniert mit der Garderobe und möbliert mit Korbstühlen, deren

Rücken man herumdrehen konnte, wobei man sich leicht die Finger klemmte, dem Bad und einer Küche, in der ich auf einem blauen Liegesofa schlief.) Dieser Rauch war wunderschön und duftete außerdem köstlich, besonders zu Zeiten, in denen Papa Zigarillos der Marke *Tärnan* rauchte, bei der auf der Innenseite des Deckels das Bild des gleichnamigen Seevogels abgebildet war. Dieser Rauch und die Musik, die dem braunen Radio mit seinem leuchtenden kleinen Zelluloidfenster entströmte (in dem die Namen der Sender aussahen wie Holzstapel), sind mit Geborgenheit und Wohlbehagen verbunden.

Benjamin, mein jüngster Sohn, der gestern auf der kleinen Eisbahn im North Cross Mall Schlittschuhlaufen lernte, ist jetzt fünfeinhalb Jahre alt. Er hat also ein Alter erreicht, an das ich selbst deutliche Erinnerungen habe. Es ist ein bißchen, als würden wir uns begegnen. Ich habe auf einem gefrorenen Tümpel mit gelbem, welligem Eis östlich der Bomansgatan (in Västerås) Schlittschuhlaufen gelernt, als ich acht Jahre alt war, und ich glaube, radeln konnte ich erst mit neun. Benjamin fährt bereits geschickt auf seinem kleinen blauen Rad. Außerdem spielt er Cello. Bis zum Alter von neun Jahren durfte ich kein Instrument anrühren, und dann nur eine piepsige Blockflöte, ein typisch kindliches Instrument, wenn es nicht ein Virtuose spielt. Das Cello hingegen hat vom ersten Augenblick an einen so wunderbar lebendigen und überzeugenden Klang.

Was ich damit sagen will, ist nicht, daß Benjamin besonders frühreif wäre, sondern im Gegenteil, daß ich ein Spätentwickler war, weil man mich auf eine vorsichtige und kleinbürgerlich-ängstliche Art in meiner Entwicklung hemmte.

Daß mein Vater, wie fast alle Väter in den Vierzigern, mehrere Jahre abwesend war, mag dabei eine Rolle gespielt haben. Ich weiß es nicht. Es fehlte mir an Stimulans. Mir ist, als hätte ich meistens auf dem Boden gehockt. Oft hörte ich Musik aus dem Radio. Man hielt mich von den meisten Aktivitäten fern.

Wenn man will, daß ein Kind ein Dichter wird, muß man es für einige Jahre in eine Kiste sperren. Das Kind beginnt dann sozusagen nach innen zu wachsen.

Dienstag

Komischerweise fiel mir heute morgen ein, daß eine meiner frühesten Erinnerungen ebenfalls mit Nikotin verbunden ist. Herr Löfberg, der freundliche Schreiner – Möbelschreiner, denke ich –, der in der Frankegatan 12 im Keller eine Werkstatt hatte, ein Mann, der nach Schnupftabak und Hobelspänen roch und fabelhafte, aufregende Werkzeuge zur Verfügung hatte, führte mir diese vor. Am schönsten waren die Hobel mit ihrer faszinierenden Fähigkeit, lange Späne aus dem Holz zu heben.

Schreiner Löfberg setzte mich manchmal auf die Hobelbank und ließ mich alles ansehen und anfassen, was es da gab. Er ließ mich bestimmt auch eine kleine Prise aus der Schnupftabakdose probieren. Ich erinnere mich an die köstliche Kühle, die sich im Kopf ausbreitete, und wie die Welt für einen Augenblick schärfere Konturen erhielt, als das wohlwollende Gift die L-Dopamine in meinem noch sehr unentwickelten Gehirn ankurbelte.

Wie erinnert sich das Kind? Fleckenweise, ja, auf eine

eigentümlich ortsgebundene Art. Das Telefon, schwarz und bedrohlich an der Wand. Das Gefühl eines plüschigen Musters unter den Fingern in einem Polstersessel. Ein kleiner Hund, ein Dackel, um das Buttermesser darauf abzulegen, damit man keinen Flecken aufs Tischtuch machte.

Das Tischtuch, ja, mein Gott! Hitler und Stalin mochten noch so sehr im Radio herumtönen, Rangierbahnhöfe bombardiert werden und Nachbarländer fallen, aber daheim in unserer Küche ging es ausschließlich ums Essen, oder vielmehr um die Rationierung.

Besuch bei einer Schneiderin, offenbar kinderreich und ärmlich, Kinder zerren von allen Seiten an ihrem Rock, während sie einen Kuchenteller in der Hand balanciert, von dem sie im Stehen zu essen versucht, während sie sich die Wünsche meiner Mutter anhört.

Der entsetzliche Geschmack von Rote-Bete-Steak, also Rote-Bete-Scheiben, in irgendeinem Ersatzfett in der Pfanne gebraten, um die Illusion eines Beefsteaks zu erzeugen! Ersatzhonig, der aus roher Melasse bestand, Ersatzmilch, die ein Pulver war, das man mit Wasser verrührte. Die Kaninchen, die armen Kaninchen, die mein Vater manchmal einkaufte (unter den lautstarken Protesten meiner Mutter), wobei unbedingt noch eine Pfote dransein mußte, damit man kontrollieren konnte, daß es wirklich ein Kaninchen war und keine Katze.

Ich erinnere mich sogar, wieder so ein eigentümlicher Fleck, ein lokaler Erinnerungsblock, völlig isoliert in einem Meer von Vergessen, wie ich mit meiner Mutter frierend vor der Lebensmittelkommission in der Munkgatan anstehe. Mich beeindruckt, wie unglaublich lang die Schlange ist. Als wir schließlich am Tisch des Bürokraten ankommen, ist irgendein Formular zu unterschreiben, und meine Mutter hat natürlich nicht daran gedacht, einen Stift mitzunehmen. Der Bürokrat weigert sich, ihr seinen zu borgen. Er habe selber so viel zu schreiben.

Ich habe nicht die geringste Erinnerung an den Ausgang dieser Episode. Nur an den Haß erinnere ich mich, an den selbstverständlichen Haß, mit dem sich das Kind mit den Eltern gegen deren Feinde verbündet.

Auch dies eine ungewöhnliche Sensation im Kopf, hassen, nicht ganz unähnlich der Wirkung einer kleinen Prise Schnupftabak. Kalt und klar.

Mittwoch

Der alte Herr Ginsberg, Alexandras Großvater, der letztes Jahr gestorben ist, ein russischer Jude, mit der Zeit amerikanischer Geschäftsmann und ein angesehener Bürger mit vielen Ehrenämtern hier in Austin, ist manchmal sogar bei seinen eigenen Enkeln auf völliges Unverständnis gestoßen, wenn er erzählte, wie er sich Anfang des Ersten Weltkriegs durch Saccharinschmuggel versorgte, zwischen Weißrußland und Litauen, glaube ich. Seine Mutter hatte ihm extra eine wattierte Jacke genäht, die großen Mengen Saccharin Platz bot, und mit dieser fuhr der Junge im Zug hin und zurück über die Grenze.

Saccharin, ein widerlicher Süßstoff, wer um alles in der Welt käme auf die Idee, eigens für das Einschmuggeln von *Saccharin* zu bezahlen? Alle diese wohlgenährten und gutmütig zuhörenden modernen Amerikaner rings um den alten Mann bemühten sich, so zu tun, als glaubten sie ihm.

Alle, bis auf mich, der ich aus meiner eigenen Kindheit im Bilde war.

Die Schwarzmarkt-Expeditionen in dunklen Septembernächten über den See Nadden, im Ruderboot zu den kleinen Katen im Wald auf der anderen Seite des Sees, die langen Gespräche in den mit Petroleumlampen erleuchteten Küchen und das Gefühl von finsteren Taten, Gefahr und Verbrechen, wenn man in der Dunkelheit mit Papa wieder zum Boot zurückschlich. Auf dem Weg nach Hause glaubte man die raschen Ruderschläge eines energischen Landjägers zu ahnen.

Meiner jungen amerikanischen Frau, die mich immerhin seit zehn Jahren kennt, fällt es schwer, mich zu verstehen, wenn ich erzähle, wie man bei Dunkelheit im herbstlichen Wind zwei Kilo Landbutter über einen See transportiert und dies als Heldentat und kriminelle Handlung empfindet.

Man muß sich klarmachen, daß dieser Exotismus außerdem ortsgebunden ist. Während wir hier in Austin bei Tisch sitzen, mit unseren marmorierten Steaks von *grainfeds*, und den Burgunder, die Artischockenböden und Alexandras wunderbare fette Soßen kommentieren, lebt beispielsweise die Bevölkerung Rußlands ungefähr auf die gleiche Art wie wir um 1943 in Västerås.

Ich habe keine Erinnerung an Hunger, richtig verheerenden, nagenden Hunger, aus meinem Leben in den vierziger Jahren. Eher dieses Gefühl, das man bekommt, wenn man ein, zwei Tage mit einer Familie von Vegetariern verkehrt. Man ißt, wird aber nie richtig satt. Nach einer Stunde ist man wieder genauso hungrig.

Ständig hungrig und gelangweilt schleppte ich mich durch die endlosen, einsamen Tage meiner Kindheit. Als wir irgendwann im Jahr 1943 umzogen, von den westlichen Stadtteilen in die östlichen, wurde alles viel lustiger. Denn an der Bomansgatan bekam ich einen Spielgefährten. Einen richtigen kleinen Bach mit schnellem, klarem Wasser, reinem, feinem Bodensand, Kaulquappen und Wasserpest.

Die Erzählung vom Bach

Freitag

Und endlich ein wenig Frieden. Beide Kinder sind jetzt alt genug, daß ich sie in die Montessorischule schicken kann. Karen hoffnungsvoll im blaugeblümten Kleid, mit einer eigenen kleinen Proviantschachtel, schwer am Ernst der Aufgabe tragend. Und im Klassenzimmer von Benjamin enorm beaufsichtigt und beschützt. Er verlangt sogar, über ihren Umgang zu bestimmen.

Kinder, diese seltsamen Gäste, passieren unser Leben so erschreckend schnell. Man muß die Gelegenheit nutzen, sich intensiv mit ihnen zu beschäftigen, solange sie noch klein sind, sonst ist es in der Regel zu spät.

Ich habe eine interessante Woche hinter mir. Nur das Schreiben ist zu kurz gekommen. Eine Rezension von Dr. Giacomo Oreglias recht originellem Dantebuch war schon die ganze Ausbeute. Jetzt, da die Nachmittage etwas ruhiger sind, wird es wohl wieder Zeit für einen Roman.

Die Aufgabe, extrem intelligente Studenten zu unterrichten (das sogenannte *Plan II Honor's Program*), die ich nun seit einigen Jahren zusammen mit berühmten Kollegen jeweils für ein Trimester wahrnehme, ist faszinierend, obwohl mir dabei ständig bewußt wird, wie dumm ich bin. Was man beim mehrjährigen Umgang mit Plan-II-Seminaren lernt, nein, was ich gelernt habe, ist, daß sich die Persönlichkeitslösungen bei einzelnen Menschen viel stärker voneinander unterscheiden, als man zunächst vermuten würde. Wie Hildesheimer ganz richtig bemerkt, wissen wir nicht das geringste über Mozarts inneres Gefüge, woher etwa seine starken koprophilen Neigungen stammen. Und wir sind auch nicht dazu berufen, es zu verstehen. Die Biographen seien stets von der eigentlich unbegründeten Annahme ausgegangen, sagt Hildesheimer, es gäbe einen festen emotionalen Kern, der sich bei uns und Mozart nicht unterscheide. Das sei ihre Art, ihn zu duzen. Um den Preis einer Reihe von unliebsamen Vereinfachungen. Ich bin überhaupt nicht sicher, ob ich mit Mozart auf du und du bin.

Einige meiner Studenten sind genauso rätselhaft wie Mozart, vermitteln das gleiche Gefühl eines undurchdringlichen Systems, ganz einfach weil sie inhaltsreicher sind als ich. Ich spreche nicht von diesen albernen Intelligenzathleten, die Klubs gründen, um sich neue Tests füreinander auszudenken. Ein außerordentlich steriler Teil der Bevölkerung. Die Studenten, von denen ich spreche, sind zutiefst kreativ. Meine Stellung verbietet es mir, über sie zu reden, aber ich glaube, einige davon könnte man als »genial und kompliziert« charakterisieren. Seltsamerweise sprechen wir viel miteinander. Sie empfinden sich in der Regel als völlig selbstverständlich. Daß die Persönlichkeitslösungen viel unterschiedlicher sind, als man gemeinhin annimmt, ist das eine. Aber nicht minder interessant ist, daß man höchst originelle Persönlichkeitslösungen haben kann, ohne zu begreifen, wie originell sie sind. Hildesheimer denkt sich beispielsweise in seiner Mozartbiographie, sein Protagonist habe erst gegen Ende seines Lebens zu ahnen begonnen, daß er etwas anderes war als ein gewöhnlicher Musiker. Und diese Erkenntnis habe ihm nicht besonders gut getan.

Woher weiß man zum Beispiel, ob man ein gewöhnliches oder ein ungewöhnliches Kind ist? Die Wahrheit ist, man weiß es nicht. (Wittgensteins alte, nach wie vor treffende Bemerkung, man könne die Grenzen seines eigenen Gesichtsfelds nicht sehen.)

Die Gegend (ich meine östlich der Bomansgatan) sah im Jahr 1942 ganz anders aus als heute. Hübsche kleine Inseln von Eichengehölz in blühenden Feldern, Moorwiesen und mehrere Bäche durchzogen das Gelände. Ich weiß, daß wir viel in den Eichen herumgeklettert sind und uns manchmal lebensgefährlich weit oben befanden, oder zumindest glaubten, sehr hoch oben im Laubwerk zu sein. Ich und die Nachbarskinder, die mir alle in Knickerbokkern und mehr oder weniger gewaschenen Pullovern in Erinnerung sind. Jede Familie hatte ihre eigene Geruchsmarke, die man von dem Pullover her kannte, wenn man zu diesem Kind nach Hause kam.

Wir besuchten uns oft gegenseitig, um »Schlüssel verstecken« zu spielen, oder um – unter lauten Weherufen der Mütter – frische Wunden an Fingern und Händen zu verpflastern oder nasse Strümpfe und Schuhe zu wechseln. Ich habe eine deutliche Erinnerung daran, daß wir alle ab dem Alter von sieben ein Fahrtenmesser bei uns trugen. Das hat nie zu ernsteren Unfällen geführt, und wir haben es nie gegeneinander gebraucht. Hingegen erinnere ich mich, daß ich versucht habe, einem Schäferhund die Kehle aufzuschlitzen, der mich draußen in den Moorwiesen angriff, aber er lief davon, als er merkte, es war mir ernst. Auch das war eine Lehre.

Ich frage mich, ob ich meine Kinder in eine derartig

komplizierte und gefährliche Umwelt hinauslassen würde. Allerdings gab es keinen Autoverkehr, oder nur einen minimalen. Personenwagen wurden fast ausschließlich von Bezirksärzten gefahren, und Lastwagen waren selten. Dann und wann fuhr ein Krankenwagen bei den genossenschaftlichen Wohnblocks vor, um jemanden abzuholen. Nicht selten ein Kind. In dieser Zeit vor dem Penizillin grassierten viele gefährliche Kinderkrankheiten, und wenn ein Spielgefährte hinausgetragen wurde, wußte man oft nicht, ob man ihn zum letztenmal gesehen hatte. Diphtherie, Scharlach und die gefürchtete Kinderlähmung.

Es gab Krieg, teils im Radio, aber das nahmen wir nicht so ernst, und teils draußen im Gelände. Denn östlich von uns lag ein Bezirk speziell für kinderreiche Familien und westlich die ziemlich ausgedehnte Siedlung Vega mit ihren eigentümlich gleichartigen, kastenförmigen Werkmeisterhäusern. Die Jungen dieser beiden Bevölkerungsgruppen konnten einander nicht ausstehen und fochten wahre Feldzüge mit Pfeil und Bogen und Knüppeln aus, besonders an Frühlingsabenden. Es hieß, beide Seiten würden Gefangene machen, sie an Bäume fesseln und ihnen *schreckliche* Dinge antun.

Wir aus der Bomansgatan hielten uns gern zurück, wenn diese Barbaren aus Ost und West aufeinander losgingen. Wir waren ein neutrales kleines Land. Doch schossen wir Eicheln mit Schleudern sowohl aufeinander wie auch auf die finnischen Kriegskinder, die in einigen der etwas feineren Ingenieurshäuser auf der anderen Seite der Bomansgatan wohnten. Diese finnischen Kriegskinder hatten den (bestimmt höchst unverdienten) Ruf, sie seien vollständig hemmungslos in ihrer Brutalität.

Es gab Kaninchen, zuerst wußte niemand, woher sie kamen, und es wurden mit jedem Tag mehr, bald hatten wir jeder ein paar Kaninchen und holten uns Zuckerkisten vom Konsum unten an der Timmermansgatan, um Käfige zu bauen. Einige Kaufleute aus dem Westen, das heißt etwas ältere Jungen aus der Siedlung des Vegagebiets, überließen sie großzügig dem Meistbietenden.

Solche Paradiese währen nicht lange. Natürlich kam eines Nachmittags der erboste Herr, aus dessen Kaninchenzucht die Tiere gestohlen worden waren, und holte sie zurück. Ich habe mein Recht auf mein Eigentum nie besonders ernst genommen, denn schon als Sechsjähriger war ich daran gewöhnt, daß man mir plötzlich irgendwelche Spielsachen wegnahm. War es nicht ein heimtückischer Spielgefährte, der es tat, war es meine Mutter, die mir etwas wegnahm und es den Cousins schickte. Ohne mich zu fragen. Was ich natürlich nie verziehen habe und nie verzeihen werde. Kinder verzeihen überhaupt nicht. Das ist eine grundlegende Eigenschaft der kindlichen Psyche. (Ich erinnere mich, als ich später in der Volksschule mit den Absonderlichkeiten der christlichen Religion konfrontiert wurde, daß ich den Begriff der Vergebung besonders bizarr fand. Vergessen kann man schließlich, aus Versehen, aber vergeben... Nietzsches Analyse in *Genealogie der Moral*, die besagt, Vergessen sei Stärke und Erinnern Schwäche, stand mir natürlich nicht zur Verfügung, aber dieser Standpunkt kam dem meinen damals gewiß recht nahe. Überhaupt paßt Nietzsches Philosophie einem Siebenjährigen viel besser als das paulinische Christentum. Vielleicht ein Tip, wenn in Schweden jetzt Privatschulen zugelassen werden?)

Kein einziger Gegenstand aus meiner Kindheit ist erhalten, aber bei einem ungewöhnlich frischen und frühen Morgenspaziergang durchs Zentrum von München im Oktober letzten Jahres erinnerte ich mich plötzlich an eine ganze Reihe von meinen Spielsachen. Und zwar mit einer solchen Klarheit und einer solchen Fülle von Einzelheiten, daß ich seither tatsächlich überzeugt bin, unsere latenten Erinnerungen sind enorm viel umfangreicher und detaillierter, als wir annehmen.

1 Motorradfahrer aus bedrucktem Blech, im Fahrtwind leicht vorgebeugt, mit Haube und Motorradbrille und schwarzen Stiefeln. Er wurde mit einem Schlüssel aufgezogen und hatte ein kleines Treibrad aus Gummi an der Unterseite. Ich weiß ja, daß bedrucktes Blechspielzeug irgendwann in den zwanziger Jahren aufkam, und daß es heute eine ganze Sammlerliteratur darüber gibt.

1 kleine Modellnähmaschine, auf eine Marmorplatte montiert und voll funktionsfähig, ein ganz wunderbares Spielzeug, das vermutlich von der vorhergehenden Generation stammte. Das Antriebsrad trug ein schönes Drachenornament aus Gold.

1 Kinderbügeleisen, auch ganz altertümlich, solide, mit Holzgriff.

1 Militärfahrzeug vom üblichen deutschen Modell, eine auf ein Auto montierte Luftabwehrkanone, schwenkbar in senkrechter und waagerechter Richtung, bei der aber leider die Räder aus den Wellen gebrochen waren.

1 Beutel mit Kugeln aus grünem Glas, darunter ein Prisma aus einem Kristallüster, tropfenförmig, doch mit Flächen in verschiedenen Winkeln zueinander, die es ermöglichten, das Licht in den Spektralfarben zu brechen. Ein Spielzeug dieser Art kann ein einigermaßen einsames Kind für Tage und Wochen beschäftigen.

Ich hatte damals, zwischen sechs und acht Jahren, viel Umgang mit Den Unterirdischen. Die Unterirdischen waren ein Volk, das unter der Erde lebte. Wie flinke Schatten bewegten sie sich tief da unten (zuweilen hörte man die dumpfen Laute, die sie hervorbrachten, ungefähr wie das dumpfe gluckernde Geräusch, wenn Kielwellen in einem Hafen unter einen alten Holzpier schwappen.) Es gab Stellen, da war man Den Unterirdischen näher, zum Beispiel im langen Kellergang des Genossenschaftshauses, der ganz gerade war, mit einem eigentümlich muffigen Geruch nach Müll und Isoliermaterial. Eine andere Stelle war der Straßendurchstich, wo sich im Granit tiefe Risse zeigten. Die Unterirdischen waren meine Freunde. Sie waren da, und auf sie war Verlaß. In einer Welt, wo das meiste unzuverlässig war und mich überraschte.

Wofür standen diese Unterirdischen? Es gibt nur noch einen anderen Ort in der Welt der Phantasie, wo ich auf ein unterirdisches Glücksreich gestoßen bin, ein Volk von unterirdischen Helfern, und zwar in der alten chinesischen Mythologie. Wo nehmen die Kinder das bloß alles her, wie hilflose Eltern gern sagen.

Ich war bestimmt ein einsames Kind. War ich ein Prügelknabe? Ich sehe, daß P. O. Enquist, dieser geistreiche und liebenswürdige, aber etwas zerstreute Mann, in der Presse äußert, ich sei in unserer gemeinsamen Zeit in Uppsala starkem Mobbing ausgesetzt gewesen. Ich begreife nicht, wovon er redet: er kann kaum dasselbe Uppsala meinen wie ich; Vorsitzender des Philosophischen Vereins, Sekretär des Vereins Verdandi, stellvertretender Vorsitzender des Literaturklubs, Senior im Studentenverband Västmanland-Dalarna – das klingt nicht nach einem Studenten, der stark unter Mobbing zu leiden hat. Über meine Kindheit weiß P. O. nichts. Ich argwöhne, daß er seine eigene auf mich projiziert.

Ich habe früh gelernt, daß man Mobbing vermeiden kann, indem man große Entschlossenheit zeigt. Zur Hilfe kam mir außerdem eine rasch aufwallende, total hemmungslose Wut, die ich angeblich von meinem Großvater mütterlicherseits habe. Ich erinnere mich, wie ein Junge, als ich zum erstenmal an der Straßenecke mit der schönen Gymnasiastenmütze mit dem Besatz aus blauer Seide auftauchte, mir die Mütze abnahm und darauf herumtrampelte. Vermutlich aus Protest dagegen, daß die sozial minderwertigen Kinder von der anderen Straßenseite, der Seite der genossenschaftlichen Häuser, in seine feine Schule aufgenommen wurden. (Großer Gott, manchmal verstehe ich genau, wie es in den *inner cities* in den USA zwischen schwarzen Jugendlichen und koreanischen zugeht.) Bevor ich zur Besinnung kam, hatte ich den Jungen umgestoßen und sein Fahrrad mehrmals auf ihn geworfen.

Reaktionen dieser Art haben zur Folge, daß man vom Mobbing verschont bleibt. Allerdings kann man natürlich das Pech haben, im Jugendgefängnis zu landen. »Gewalt löst keine Probleme«, hört man dumme oder heuchlerische Menschen sagen. Tatsächlich? Es gab ein Problem, das hieß Hitlerdeutschland. Meines Wissens wurde dieses Problem mit Gewalt gelöst, und weder ich noch irgendein vernünftiger Mensch bedauert das. Genau wie Sven Delblanc in seinen düsteren und aufrichtigen Lebenserinnerungen *Livets Ax (Ähren des Lebens)* bin ich geneigt zu sagen, der Pazifismus sei in der Regel der unfreiwillige Diener der Schinder und Unterdrücker, und die *defensive* Gewalt sei in einer im wesentlichen bösen Welt ein großer und unverzichtbarer Problemlöser. (Ich hatte die Frechheit, dies vor einigen Jahren bei einem privaten Essen mit einer Gruppe von feinen Psychoanalytikern zu sagen, was wenigstens einen von ihnen für den Rest der Mahlzeit verstummen ließ. Entweder war er damit beschäftigt, sein Weltbild umzukrempeln, oder er hielt mich für einen solchen Schurken, daß er überhaupt nicht mehr mit mir reden wollte.)

Schweden hat gewiß viel von einer Mobbingkultur, und als erwachsener Schriftsteller habe ich ein gerütteltes Maß an Gruppendruck erfahren, in einem Land, in dem es zeitweilig sehr engstirnig zuging. Es handelte sich natürlich nie um physische Gewalt, sondern um psychische, und bei groben Überfällen habe ich stets versucht, mit doppelter oder dreifacher Härte zu antworten. Meine Verteidigungsdoktrin war, es dürfe sich nicht lohnen, mich anzugreifen. Mit Humor oder meiner moralischen Überzeugung als Waffe, und manchmal mit einer Kombination von beidem, ist es mir in der Regel recht gut gelungen, ein sozialistisches Machtgefüge einzuschüchtern, mitsamt seinen diversen Handlangern, die oft in recht überraschender Gestalt auftauchen. Heute reicht der Mut der Feinde selten weiter, als daß sie mir Rechtschreibfehler in meinen Zeitungsartikeln nachweisen. Noch Anfang der achtziger Jahre konnte man kriminelle Verleumdungskampagnen und Rufmordversuche inszenieren. Was gegen Ende der sozialistischen Ära dazu beitrug, daß man massive Rufmordkampagnen gegen mich einstellte, war vermutlich ein wachsendes Bewußtsein davon, welchen Eindruck das im Ausland machte, vor allem in Deutschland und Frankreich. Es wirkt ja ein wenig sonderbar, wenn Präsident Mitterand, französischer Sozialdemokrat, den französischen Orden des Offiziersgrads einem Mann verleiht, den schwedische Sozialdemokraten zu gleicher Zeit als gefährlichen Teil der extremen Rechten zu beschreiben versuchen.

Genau dieser Scherz ereignete sich im Dezember 1985.

Genug davon. Die Alte starb, und der Ärger verschwand, wie Schopenhauer in seinem Tagebuch geschrieben hat. (Es klingt besser auf Latein: *Obit anus, abiit onus.*) Heute kommen die Angriffe ›von rechts‹.

Ein richtig physisches Mobbing habe ich als Kind bestimmt nicht erfahren, wegen meines leicht entflammbaren und ziemlich heftigen Temperaments.

Aber gerauft haben wir, uns im Staub des Schulhofs gewälzt, auf die unschuldige Art, wie Welpen balgen. Schlimmstenfalls gab es mal eine blutige Nase. Diese spielerische und harmlose Art zu raufen, bei jungen Menschen eher ein Ausdruck von Vitalität als Aggression, vermisse ich manchmal. (Eine Geschichte, die man sich im Uppsala meiner Jugend erzählte, war, daß Erik Lindegren und Professor Herbert Tingsten nach einem der Kulturdiners von *Dagens Nyheter* spielerisch zu raufen begannen. Ein besorgter Kellner rief andauernd: »Geben Sie auf den Kopf des Professors acht!« Das hat Lindegren angeblich so gekränkt, daß er nach Hause ging. Denn er fand es traurig, daß der Kopf eines Professors so viel höher bewertet wurde als der eines Poeten.)

Die paradiesische Landschaft im Mälartal mit ihrem kleinen Bach, den Schlittschuhmooren und den Eichenhainen war nicht von Dauer. Als ich sieben Jahre alt war, kam ein Bagger und hob für den Bach ein unterirdisches Bett aus, Lastwagen mit soliden Ladeflächen aus Stahl karrten riesige Steinblöcke an, die sich bald als gigantischer Steinhaufen zwischen unseren Häusern und dem Waldrand türmten. Und eines Tages hielt ein Steinbrecher Einzug, um in einer Staubwolke die Quader nach und nach in Makadamm zu verwandeln. Ich war stolz, als es mir gelang, die Konstruktion des Steinbrechers zu durchschauen – schon mitten im Erfinderalter, in dem man täglich Maschinenzeichnungen anfertigt. Aber es war natürlich schwer einzusehen, weshalb man plötzlich einen Steinhaufen und einen Steinbrecher in unser Paradies verfrachtet hatte.

Daß es die neue E 18 war, die Durchfahrtsstraße von Västerås, die hier verlaufen sollte, habe ich erst viele Jahre später begriffen. Der Steinhaufen, der im übrigen nicht so übel war, da er zu neuen und teilweise verbotenen Spielen mit den kleinen Mädchen der Umgebung einlud, gab mir ein Gefühl von der Zerbrechlichkeit, Gefährdung und Veränderlichkeit aller Dinge. Andere Kinder in Europa dürften stärkere Gründe gehabt haben, so zu denken. Aber so war es.

Und die allererste Kindheit war wohl, in ihrer endlosen Länge, nun doch überstanden.

Jeden Sommer fahre ich mehrmals auf dieser mehrspurigen Stadtautobahn, die einen richtig großstädtischen, fast amerikanischen Eindruck macht, oft müde und erschöpft unterwegs vom Flugplatz Arlanda zum Kirchspiel Väster Våla. Und an einer bestimmten Stelle denke ich jedesmal, irgendwo tief unter mir, umschlossen von der Dunkelheit des unterirdischen Kanals, fließt und rauscht noch immer der Bach meiner Kindheit.

Wir alle besitzen so viel Wissen, das uns scheinbar überhaupt nichts nützt.

Das Zeitalter der Vernunft

Freitag morgen

Stolz sehe ich, daß die neue Auflage von *Who's Who in America* mich als »Educator« bezeichnet. Ja, du lieber Himmel...

Unterrichten – ich glaube, das tut dem Charakter gut. Fast ein volles Jahrzehnt des Unterrichtens, zwar mit einem halben oder viertel Auftrag, aber doch ziemlich kontinuierlich, an einem feinen Institut einer anspruchsvollen staatlichen amerikanischen Universität, hat aus mir, denke ich, einen geduldigeren Menschen gemacht, vielleicht sogar einen besseren Zuhörer.

Nach meinem Seminar über Lessings Laokoonästhetik kam der stille kleine Mexikaner, der jede Woche eigens von San Antonio anreist, zu mir und sagte: »Das war ja ein brillantes Seminar.« Nachdem er drei Stunden geschwiegen hatte, während die großen, massigen Doktoranden aus Austin ihre geliebten Griechen paradieren ließen, zusammen mit Wittgenstein II, Derrida und Deleuze.

Eine solche Bemerkung im Korridor hat für mich, für mein tiefstes Selbstbewußtsein, mehr Gewicht als eine glänzende Rezension in *Le Monde* oder in der *New York Times Book Review.* Sie ist so echt.

Anfangs habe ich viel zuviel geredet. Liest man von amerikanischen Poeten auf dem Katheder, Delmore Schwartz, der ständig nervös auf die Uhr blickt, in der Hoffnung, es wären wieder ein paar Minuten vergangen, oder John Berryman, der aus Versehen zweimal in derselben Woche im selben Seminar genau dieselbe Don-Quichotte-Vorlesung gehalten hat, kann man ja froh sein, daß man dieses Problem wenigstens nicht hat. Ich liebe es zu reden und bin immer darauf bedacht, ein paar Menschen um mich zu haben, die mir zuhören müssen. Manchmal vergehen halbe Stunden wie Minuten. Die Wolken von Kreidestaub von der Tafel lassen Hemd und Hose aussehen wie die eines Bäckers. Diese Eigenschaft hatte ich schon als Kind. Ein wenig hat es wohl zu tun mit Tranströmers berühmtem »Du mußt nicht sterben, wenn du spielen kannst« (»Balakirevs Traum«), aber es ist nicht nur die Unruhe. Es hat auch etwas vom unschuldigen Glück des Kindes über seine eigene Tüchtigkeit. Seit Jahren steuere ich gegen diesen Charakterzug bei mir an.

Es hat seine Zeit gebraucht, bis ich gelernt habe, mich zurückzuhalten, zuzuhören, Pausen zuzulassen, die nicht nervös machen, sondern aus denen etwas Neues entsteht. Ein bißchen muß man es halten wie ein moderner Komponist, der auch mit der Stille arbeitet.

Die Philosophieseminare meiner Jugend in Uppsala waren enorm still, verglichen mit denen, die ich jetzt erlebe. Es ist manchmal ein Unterschied wie zwischen einem Kirchensaal und dem Optionsmarkt in Chicago. Vielleicht ist das etwas Schwedisches; nicht wagen, die Hand auszustrekken, aus Angst, daß man ein Lineal auf die Finger bekommt. Ich kann mich nicht erinnern, daß meine alten Lehrer Hedenius und Marc-Wogau eine nervöse Atmosphäre geschaffen hätten. Im Gegenteil, sie gaben sich wirklich Mühe, die Studenten dazu zu bringen, daß sie sich entspannten und redeten. Und waren betrübt, wenn nichts kam. Ich erinnere mich an die charakteristische Art von Ingemar Hedenius, die Daumen in den Hosenbund zu stecken, sich nach hinten zu lehnen und mit großen blauen Augen zur Decke aufzusehen, in der Erwartung, daß jemand etwas sagte. Und das sehr blonde, lange »Jaaa«, mit dem er gern auf einen Diskussionsbeitrag reagierte. Vielleicht machte er die Studenten doch nervös, ohne daß es ihm richtig bewußt war?

Oder war es vielleicht so, daß Philosophie in Uppsala damals Studenten vom schüchternen Typ anzog? Gute Logiker sind selten redselig; sie haben ihr eigenes Gärtchen zu bestellen. Mein alter Freund Knaggen (Professor Lönnroth, Herausgeber der großen schwedischen Literaturgeschichte) erzählt gern davon, wie lebhaft und lustig die Doktorandenseminare von Victor Svanberg waren, eine Art Gesellschaftsklub, wo man nicht nur Dissertationskapitel erörterte, sondern wo sich Liebesbeziehungen entspannen, lebenslange Feindschaften ihren Anfang nahmen und jede Sitzung hinterher noch tagelang im Café Alma kommentiert wurde. (»Und stell dir vor, da sagt doch dieser Holzkopf Bergsten...«)

Es gibt vielerlei Stile. Im letzten Jahr, in dem er lebte, durfte ich in Cambridge an einem Seminar von Gwyll Owen teilnehmen, dem großen Aristoteleskenner. Da konnte man sehen und hören, wie ein wirklich großer Lehrer funktioniert. Er konnte drei Stunden mit vier Zeilen aus der *Metaphysik* verbringen, geduldig, großzügig, still, genial. Und mit einem außergewöhnlichen Vermögen, eine zugleich disziplinierte und total entspannte Atmosphäre zu schaffen. Es war, wie wenn man Rostropowitsch mit dem Cello umgehen sieht.

An ihn denken heißt einsehen, welch ein unverbesserlicher Amateur und Stümper man selber ist.

Da ist wohl ziemlich viel zusammengekommen. Aber ich habe noch mehr zu diesem Thema zu sagen.

Die wahren Lehrer in einem Leben erscheinen früh. Um wirklich Einfluß auszuüben, müssen sie das.

»Zeig mal, ob du grüßen kannst wie ein Mann«, sagte Magister Skoglund.

Magister Skoglund bin ich zum erstenmal an einem Septembertag 1944 auf dem Hof der Herrgärdsschule in Västerås begegnet. Er sollte mein Volksschullehrer werden, und er wurde es in einem so hohen Grad, daß ich heute noch Modulationen seiner längst verstummten Stimme in meiner eigenen wiedererkenne, wenn ich einem amerikanischen Studenten etwas Schwieriges erklären möchte.

Ich begegnete ihm unter den Balsampappeln des Schulhofs (da gab es noch Kies statt Asphalt, und es war verdammt unangenehm, sich die Knie daran aufzuschürfen), ein kleiner Mann (ich schwöre, so klein, daß ihn die größeren Jungen manchmal versehentlich für einen der Ihren hielten und ihm auf die Schulter klopften) mit klaren blauen Augen, Goldrandbrille, einer außerordentlich kräftigen Nase und kleinen, starken Händen mit kurzen Stummelfingern. An einem davon steckte ein eigentümlich geformter Ring, den ich erst Jahrzehnte später als Abzeichen eines hohen Freimaurers erkannte. (Irgendwie paßt das; ich habe ihn stets mit der Aufklärungszeit in Verbindung gebracht.)

Meine Angst vor Schule und Lehrern grenzte damals an Panik; ich hatte zwei sehr unglückliche Volksschuljahre unter der Leitung einer gräßlichen alten Jungfer hinter mir, die anscheinend direkt aus der Hölle geschickt war, um mich zu quälen und mein Leben zu zerstören. Sie war überaus fromm oder frömmelte zumindest stark, spielte Orgel, ließ uns Kirchenlieder auswendig lernen und scheute sich nicht, Vorschulkindern, deren Eltern sie nicht fürchtete, büschelweise die Haare auszureißen. Mir passierte das jedoch nicht. Hätte sie es versucht, hätte ich zurückgeschlagen, und das hat sie wohl gespürt. Mich quälte sie auf subtilere Art, vor allem, indem sie meinen Intellekt herausforderte und kränkte. Als sie beispielsweise fragt, vor wie vielen Jahren der Herr und Erlöser Jesus Christus geboren sei, und ich antworte, »Eintausendneunhundertdreiundvierzig«, rümpft dieses abscheuliche Frauenzimmer nur die Nase und wendet sich zur nächsten Bank, wo die kleine Ann-Charlotte Hoflund tüchtig antwortet, *wie es sich gehört*: »Neunzehnhundertdreiundvierzig.«

Ich weiß nicht recht, warum, aber noch heute werde ich bleich vor Zorn, wenn ich an diese Kränkung denke. Wir sprechen also von Ereignissen zur Zeit der Schlacht um Stalingrad. Und ich argwöhne, der Leser wird nicht begreifen, was daran so kränkend war. Doch der Einsichtige muß verstehen, daß ich zu Recht irrsinnig wütend wurde. Denn ich hatte mir etwas *auf eigene Faust* ausgedacht, was für einen Siebenjährigen nicht ganz einfach ist, und das wischte sie ohne weiteres vom Tisch, zugunsten einer platten und konventionellen Lösung.

Die Volksschule lag auf der Südseite des großen, eigentümlichen Ziegelgebäudes (ein Mittelding aus Gefängnis und Schloß), und da lag, hinter einem niedrigen Zaun, eine Art Kräutergarten, der hin und wieder im Unterricht zur Anwendung kam. Es war strengstens verboten, das Beet zu betreten. Dieses Beet war im Februar des schneereichen

Winters 1944 natürlich in einem Zustand, in dem kein Kinderfuß es mehr beeinträchtigen konnte als einen Eisenboden, aber das half nichts. Ich bekam trotzdem ein Ungenügend in Betragen, als ich eines Tages mit einem Fuß auf der falschen Seite des Zauns erwischt wurde.

Ich glaube sogar, und ich gestehe es zu meiner Schande, daß es einer meiner kleinen Mitschüler war, der mich verpetzte. Und die Person, *die mich ins Klassenbuch eintrug*, war Astrid Söderholm, eine andere Lehrerin. Der ich längst verziehen habe, da ihr Bruder, David Söderholm, ein so wunderbarer Aquarellmaler war. Er verlieh seinen Landschaftsaquarellen einen monumentalen Charakter, wie es in *Svenskt Konstnärslexikon* heißt.

Es war natürlich nicht lustig, mit einem Ungenügend in Betragen nach Hause zu kommen, und ich vermute, meine armen Eltern meinten den Beginn einer Laufbahn zu sehen, die zwangsläufig im Gefängnis von Långholmen enden mußte. Mein Vater, ein praktischer Mann, schrieb nicht an die Schulbehörde. (Was ich zweifellos in seiner Situation getan hätte.) Er hatte gerade auf dem schwarzen Markt vorteilhaft ein halbes Schwein erworben (bei seinen Radtouren als Staubsaugervertreter in den ländlichen Bezirken fand er immer allerlei Interessantes) und radelte mit einem ordentlichen Rippenstück auf dem Gepäckträger zu der Lehrerin. Diese böse Frau nahm die Bestechungsgabe dankbar entgegen. Derlei war Anfang 1944 wertvoll. Ich hatte in der noch verbleibenden Zeit tatsächlich viel weniger Schwierigkeiten mit ihr.

Ich glaube, diese Bekanntschaft hat in mir einen Abscheu vor der christlichen Religion begründet, den zu objektivieren und zurechtzurücken es erst der Begegnung mit Augustinus und Pascal bedurfte.

»Zeig mal, ob du grüßen kannst wie ein Mann«, sagte Magister Skoglund.

Ich streckte ihm eine weiche, ängstliche kleine Hand hin.

»Nein«, sagte der Magister. »*So* grüßt ein Mann.«

Und dann zeigte er mir, wie ein Mann kräftig und entschieden seine Hand in die des Gegenübers klatscht und ordentlich zudrückt. Damit man spürt, da ist jemand. Wir übten es einige Male, dann konnte ich es. Es war, wie einen Pakt zu schließen. Mit der Männlichkeit. Mit der Gelehrsamkeit. Ja, das war der Schritt ins Zeitalter der Vernunft.

Magister Skoglund war wie Hume, d'Alembert und Diderot. Und die ganze Enzyklopädie dazu.

Er war ein großer Lehrer. Hier gab es kein Christentümeln. Hier wurde nicht Orgel gespielt. Sollte etwas gesungen werden, dann war es »Im Frühtau zu Berge wir ziehn, fallera« und »Froh zu sein bedarf es wenig«. Statt zu christentümeln wurde gepaukt. Die Fjorde Norwegens, von unten nach oben, vom Oslofjord im Süden zum legendären Varangerfjord im Norden (auf ganzen siebzig Grad Breite). Die Flüsse von Norrland.

Wir bekamen das Thermometer und den Kompaß erklärt. Birger Jarl und Torgny Lagman. »Håtunaleken«, die Brüderfehde der Königssöhne, und den armen König Erik. Und zu Weihnachten führten wir ein Chronikspiel auf, in dem ich den Richter Torgny Lagman spielte, versehen mit einem großen Nikolausbart aus Watte, angefertigt von Mama. Ich weiß noch genau, wie mein großer Monolog anfing:

»Anders waren ehedem die Sitten der Svear.«

Donnerstag

Jom Kippur rückt näher, und ich muß dies hier also entweder morgen abschließen oder es zur Seite legen. Ich habe gerade angefangen, mich ernstlich für meinen Text zu interessieren, ungefähr so, als hätte ich ihn in einer Zeitschrift entdeckt, in einem Regal in der Buchhandlung, von einem anderen geschrieben.

Alexandra, die den Ehrgeiz hat, Schwedisch zu können wie der Sekretär der Schwedischen Akademie, ärgert sich darüber, daß sie das Wort »christentümeln« nicht kennt. Das müsse ihr entgangen sein, sagt sie.

– Ach, sieh mal an, sage ich. Ja, man kann so viele komische Wörter bilden in den verschiedenen Sprachen.

Freitag

Mir scheint, ich habe die Büchse der Pandora geöffnet, als ich anfing, über Magister Skoglund zu schreiben. Plötzlich erinnere ich mich an meine vierziger Jahre: die gigantischen Holzstöße, die autofreien Straßen, die riesigen genossenschaftlichen Wohnblocks, die Väter, die in Uniformen mit Wollgeruch nach Hause kamen und Konservendosen ohne Etiketten auf die Anrichte stellten, die Patronenhülsen, die Spiele an dem noch unbegradigten Persbobach, die Kletterpartien in den alten Eichen an der Bomansgatan. Alles ist da. Nur ich war eine Zeitlang abwesend.

Magister Skoglund hatte eine eigentümliche Leidenschaft für das, was man hier, in den USA, *gadgets* nennen würde. Kleine elegante Taschenmesser aus Eskilstuna mit prachtvollen Drachenornamenten. Erstklassige Drehbleistifte, die wirklich länger als eine Woche hielten. All das führte er stolz der Klasse vor. Beim Klassenausflug radelten wir in einer langen Reihe hinaus zu einem Feld, wo er uns zeigte – auf dem festen Land –, wie man Lachs mit der Fliege angelt. Die eleganten Split-Cane-Ruten von bester englischer Qualität wurden ihren röhrenförmigen Behältern so behutsam entnommen, als wären es edle Musikinstrumente. Die Fliegenrollen aus Mörrum, die Fliegenruten mit Vorfach (»Wie! Wißt ihr etwa nicht, was das Vorfach an einer Fliegenrute ist?«) und die faszinierenden kleinen Fliegen, Kunstwerken nicht unähnlich, mit ihren seltsamen Namen:

Greenwells Glory
Mallard Claret & Blue
Alexandra
Black Gnat
Butcher

Und die phantastische Art, wie man die Fliege wirft, indem man sie über einem Berg aus Schlingen in einer hin- und hergehenden Bewegung schweben läßt. Ich glaube, richtiges Angeln mit der Fliege habe ich immer nur ganz kurz gesehen, aus der Ecke eines Zugfensters, unterwegs in einem flußreichen Teil von Deutschland, vielleicht Westfalen, wo ich lange gelebt habe. Aber noch heute weiß ich genau, wie es geht.

Die Mathematik. Das einzige, was es überall gibt. Die Königin der Wissenschaften. Der *Dreisatz*: wir hatten furchtbar viel Dreisatz in der Volksschule, Magister Skoglund führte uns unerschrocken in dessen Regeln ein.

Wenn ein Wasserhahn in zwölf Minuten eine Badewanne füllen kann, wie lange brauchen dann drei genauso effektive Wasserhähne?

Freilich: man hat mir später gesagt, daß es noch andere interessante Gebiete der Mathematik gibt: Gruppentheorie, Banachalgebra, abstrakte Algebra. Ganz zu schweigen von allen unterhaltsamen physikalischen Anwendungen: Lorenztransformationen und Hamiltonoperationen und die Keplerschen Bewegungsgesetze. Aber nichts hatte für mich so ganz dieselbe Verbindung von *tiefem* Wahnsinn und *tiefer* Genialität wie der Dreisatz.

Wenn ein Mann eine halbe Stunde braucht, um sich die Haare schneiden zu lassen, wie lange brauchen dann hundert Mann?

Außerdem brachte uns der Magister bei, wie man an den Knöcheln abzählt, welche Monate einunddreißig Tage haben und welche weniger. Es stimmte immer. Wie konnten die Knöchel der menschlichen Hand so weise eingerichtet sein, daß sie auch als Kalender dienten? Manchmal richtet sich die Natur nach der Mathematik, gehorsam wie ein braver Hund, manchmal nicht. Aber wann?

Wenn ein Mann sechseinhalb Minuten braucht, um auf die Toilette zu gehen, wie lange brauchen dann 312 Männer?

Diese Übungen, die Magister Skoglund mit großartigem Humor leitete, lehrten mich etwas Wesentliches.

Als ich im Herbst 1947 aufs Gymnasium kam, war es mitten in einer Periode mit zu großen Klassen und inkompetenten Hilfslehrern. Ich hatte einen überaus idiotischen Nörgler, der obendrein maßlos hochnäsig war, namens

Öhrström, eine Art Schmalspuringenieur, ausgeborgt von der Firma ASEA, vermute ich. Ich begriff keine Spur von dem, was er sagte, einerseits weil ich ganz hinten in einer riesigen Klasse saß und eigentlich überhaupt nichts verstand, und andererseits deshalb, weil es nichts zu verstehen gab.

Er gehörte zu der Art von bizarren Lehrern, die ihre Schüler ununterbrochen prüfen, statt sie zu unterrichten. Wie ich mich erinnere, schrieben wir alle vierzehn Tage eine Klassenarbeit. Ich glaube, ich habe es nie geschafft, eine einzige seiner Rechenaufgaben zu lösen. Ich fand sie bloß sonderbar. Und sie gaben mir keinen Leitfaden, der irgendwohin führte.

Magister Öhrström war ein böser Engel, der mich mit einem langen Zeigestock in der Hand aus dem Paradies der Mathematik vertrieb, nachdem ich gerade ein bißchen von einem Apfel genascht hatte. Es sollte verschlossen bleiben, verschlossen wie ein adliges Familiengrab in einer västmanländischen Provinzkirche.

Bis der kleine eichhörnchenäugige und elegant schwarzbärtige Dozent Erik Götlind im Wintersemester 1955 in Uppsala mit seinem Anfängerkurs in Logik mit behutsamer Hand den Deckel wieder abnahm. Die Schaefferfunktion, Peano und Quine, Bestimmbarkeit und Vollständigkeit und Dichte, alles war plötzlich so deutlich und klar wie die Einrichtung des Seminarraums.

Der wunderbare Garten war noch da. Wo hatte ich bloß gesteckt in all den Jahren?

Die Jungen vom Bredgränd

Kein Übersetzer hatte unseretwegen den Bleistift gespitzt. Stürzten wir uns in Debatten, dann mit den Pensionswirtinnen, den Damen Emmy und Anni Rothvik aus Sundsvall. Niemand hörte sich unsere Ansichten an, außer vielleicht ein großäugiges Mädchen beim Tanzabend des Studentenverbands. Unsere Werke beschränkten sich auf alberne Gedichte in kleinen Poesienotizbüchern, die wir wahrhaftig nicht jedem beliebigen zeigten.

Wir waren wirklich nichts anderes als zwei kleine Studenten. Der eine kurz, der andere lang, also ein Jambus, eine aufsteigende rhythmische Figur.

Als ich zu den Weibern Rothvik im Bredgränd 5 kam (wir nannten sie immer so) und das Zimmer zur Straße bezog, hatte sich P. O. bereits in dem Zimmer einquartiert, das auf den Dom ging. Später in diesem Semester schrieb er ein Gedicht über die beiden Türme als zweifelhaftes V-Zeichen gegen den Himmel. Eins von mehreren Gedichten, die, glaube ich, davon inspiriert wurden, daß ich ihm meine zeigte. Wir waren beide ziemlich schüchtern und näherten uns einander ein bißchen, indem wir uns gegenseitig unsere Gedichte zeigten. P. O. war schon ein Jahr in Uppsala gewesen, als ich da hinkam, im Wintersemester 1955, und hatte einen sehr gründlichen Militärdienst bei einem norrländischen Jägerverband absolviert. Die Frage, ob dieser große, magere und ziemlich bleiche Student Romanschriftsteller oder Dramatiker werden würde, war noch nicht aktuell.

Aktuell war die Frage, ob er beim Hochsprung über

zwei Meter kommen würde. Es gab eine Zeit, da war es überhaupt nicht selbstverständlich, daß der Volksschullehrer Bengt Nilsson als erster Schwede über zwei Meter kommen würde. Mit etwas weniger Sehnenscheidenentzündung und etwas besserem Trainingswetter draußen auf Bosön hätte es P. O. Enquist werden können. Was das für sein schriftstellerisches Werk bedeutet hätte, ist schwer zu sagen. Schlimmstenfalls wäre es vielleicht nie zustande gekommen.

Wenn ich mich recht erinnere, studierte P. O. Chemie, als ich nach Uppsala kam, doch ohne wirklichen Enthusiasmus. Ich selbst war überglücklich, dem äußerst konservativen Gymnasium entronnen zu sein, auf dem ich mich die letzten vier Jahre überwiegend mit dem Studium von sechs Sprachen beschäftigt hatte. Es war ein wunderbares Gefühl, am hellichten Tag Philosophie zu studieren, ohne schlechtes Gewissen, und ich war fest entschlossen, das Jahr, das mir noch bis zum Militärdienst blieb, so gut wie möglich zu nutzen. Ich lebte eingeschlossen in die Welt der Philosophie, mit Carnap und Frege und Russells Theorie der Beschreibungen. Die Logik war ein wiedergefundenes Heimatland.

Und P. O. war Bürger einer anderen, noch geschlosseneren und eigentümlicheren Welt: der des schwedischen Sports. In meiner Kindheit war es so, daß Fußball und im Winter Bandy im Arosvallen-Stadion (dieser kultivierte Mannschaftssport auf dem Eis, der heute offenbar völlig verdrängt ist vom einfältigen und brutalen Eishockey) das ganze Viertel in Atem hielten. Man war glücklich, wenn man zu einem der großen Bandyspiele eine Karte ergatterte oder, was üblicher war, über den Zaun hineinkletterte.

Für Leichtathletik hingegen hatte sich wohl seit Gunder Häggs großen Erfolgen in den vierziger Jahren kein Mensch interessiert. Doch, als das Hammerwerfen jene kurze Renaissance erlebte, von der P. O.s bester Roman, *Der Sekundant*, handelt, flammte bei meinen Mitschülern wohl ein gewisses Interesse für Leichtathletik auf. Aber genau wie die meisten gesunden schwedischen Jugendlichen hegte ich eine gewisse Verachtung für diese sonderbare Sekte, die, in ihrer Art genauso eigentümlich wie mittelalterliche Klosterorden, ihre Freizeit der Frage widmete, wie in einem bestimmten Stadium einer komplizierten und völlig überflüssigen Körperübung das Handgelenk zu halten sei, beispielsweise beim Überspringen der Latte. Das Lutherische an der Leichtathletik hat mich stets abgestoßen. Doch P. O. hat viele Jahre in dieser Welt gelebt. Und was er darüber zu berichten hatte, war natürlich interessant.

P. O. und ich haben uns unterschiedlich entwickelt, es gibt beispielsweise sehr tiefgreifende politische Meinungsverschiedenheiten zwischen seinem Sozialismus und meinem Liberalismus, aber es gibt zwischen uns auch viel Sympathie, die immer dann spürbar wird, wenn wir aufeinandertreffen, nicht in den Zeitungsspalten, sondern im selben Raum. Es gibt vieles, was ich an P. O. bewundere, unter anderem seinen Eigensinn. Da ich mich stets für Kreativität als Phänomen interessiert habe, für diese ganze Frage, wie Menschen schöpferisch werden, fesselt mich natürlich auch das gesamte literarische Phänomen P. O. Enquist.

Als ich Mitte der fünfziger Jahre nach Uppsala kam, wimmelte es dort förmlich von literarischen Begabungen. Die Zeitschrift *Femtiotal (Fünfziger Jahre)* hatte ihren

Kreis, das Waldenströmska-Studentenheim hatte seine eigene literarische Kultur, begründet von Bo Setterlind, junge Poeten wie Staffan Larsson und Lars Bäckström lasen im Literaturklub, Sven Delblanc war an seinem mit Büchern beladenen Tisch in der Bibliothek Carolina anzutreffen und debütierte ungefähr ein Jahr nach mir.

Hätte jemand in diesem sehr lebendigen und ideenreichen literarischen Milieu gesagt: *Es gibt noch einen, aber der trainiert vorerst noch Hochsprung*, wäre das natürlich ein gelungener Witz gewesen, aber kaum mehr als das. Was ich zu sagen versuche, ist, daß P. O.s Auftauchen in der literarischen Szene, wo er seither einen der wichtigsten Plätze unter den Prosaisten und Dramatikern meiner Generation einnimmt, auf lustige Art unwahrscheinlich erschien. Keiner hätte das voraussagen können.

P. O. wirkte als junger Mann viel zu normal, um ein großer Schriftsteller zu werden. Er war damals demonstrativ ungeistig, und im Bredgränd habe ich nicht begriffen, daß vieles davon bestimmt eine Attitüde war, eine Art, das erdrückend pietistische Kindheitsmilieu zu überwinden.

Was uns außerdem in diesen frühen Jahren im Bredgränd verband, war natürlich, daß wir uns beide in Uppsala ein bißchen fremd fühlten. Wir hatten keine Väter, die mit den Professoren befreundet waren, wir waren beide Akademiker der ersten Generation. Wir hatten kein Geld im Hintergrund, wir mußten uns beide mehr oder weniger auf eigene Faust unseren Weg suchen. In meinem ersten Jahr in Uppsala hatte ich keinerlei Stipendium und nur eine sehr geringe Beihilfe von meinen Eltern. Ich erinnere mich, daß ich in der Regel hungrig war und häufig Lebensmittel von daheim im Zimmer verwahrte. Nicht selten waren saure Würste Bestandteil des Speisezettels. Milchbars und andere Eßlokale in der Nähe vom Bredgränd waren in der Regel für mich zu teuer. Hin und wieder besuchten wir eine der damals noch zahllosen Bierstuben, die ziemlich nahrhaftes Essen zu anständigen Preisen hatten, da sie am Bier verdienen wollten.

Die Stadt hatte nicht selten etwas Hartes an sich. Eine Stimmung von roher und verschwitzter Sexualität bei den Tanzabenden des Studentenverbands – es galt, sich zu bedienen –, vergleichsweise hohe Mieten für unzulängliche Studentenzimmer, meistens eingepfercht in die Wohnungen alter Leute, mit all den daraus folgenden Konflikten, die Einweihung in die Alkoholkultur des alten akademischen Schwedens – oder in die mangelnde Alkoholkultur –, die sowohl unsanft wie verheerend sein konnte. Wenn ich es mit meinem eigenen Leben als amerikanischer Professor vergleiche, empfinde ich den Abstand zwischen Lehrern und Studenten im Uppsala meiner Jugend fast als astronomisch. (Dabei war das Philosophische Institut natürlich noch überaus familiär und freundlich, verglichen mit einem Institut wie dem für Englische oder Romanische Sprachen.)

Nicht alles war hart, und nicht alles war unfreundlich. Es gab Oasen, wie den Literaturklub und das Philosophische Seminar. P. O. hatte eine Freundin, als ich in die Stadt kam, ich fand erst im Frühjahr 1956 ernstlich eine, aber das ganze Klima war, gelinde gesagt, ziemlich rauh.

Wenn man Universitätserinnerungen schreibt, besteht eine gewisse Gefahr, daß man sich mit den Erfolgreichen befaßt, den später berühmten Künstlern oder Forschern. Aber darüber vergißt man leicht jene, die unterwegs verlorengegangen sind. Die verwahrlost sind, sich kaputtgesoffen haben, aus schierer Einsamkeit Selbstmord begingen oder sich in düstere und ziemlich lebensuntaugliche Originale verwandelt haben.

Uppsala wimmelte in unserer Jugend von solchen Menschen, und sie gehörten einfach dazu. Ich weiß nicht, wie P. O. diese Menschen erlebt hat, ich empfand ihnen gegenüber (ungefähr wie der junge Malte Laurids Brigge) eine eigentümliche Mischung aus Schrecken und Faszination. Mit achtzehn weiß man doch überhaupt nicht, ob man es schaffen wird zu leben oder nicht. Man ahnt nicht, ob die Kräfte, die einen durchströmen, konstruktiv sind oder destruktiv. Und ich vermute, letztlich entscheidet man selbst, ob sie einem schließlich helfen, oder ob sie einen zerstören.

Die gesamte Gegend rings um den Bredgränd hatte damals etwas von einem Dostojewskimilieu. Oder von den norrländischen Stadtschilderungen eines Lars Ahlin. Die Straße, die in der Nähe der Dragarbrunnsgatan lag, war von ihrer Tradition her nicht fein. Bierstuben und Leihhäuser gehörten zu den typischen Merkmalen des Stadtbildes. Die Pferdehändler waren jetzt zwar Gebrauchtwagenhändler, aber etwas von dem alten Bauernfängerviertel war unverkennbar noch da. Einer unserer Nachbarn im Treppenhaus, der freundliche Oberst Esse Lindskog, erzählte gern, in den Kriegsjahren sei das Viertel so unsicher gewesen, daß er stets seine Dienstpistole mitführte, wenn er abends vom Regiment nach Hause radelte. Im Jahr 1956 war davon nicht mehr viel übrig, und nach leichten Mädchen hielt man an den Straßenecken vergeblich Ausschau – auch das neue Domuskaufhaus bedeutete ja eine große Veränderung für das Milieu –, aber etwas von dieser norrländischen Ausgesetztheit lag noch in der Luft.

Verstärkt wurde dies noch vom entsetzlichen Winterklima der Stadt. Ich war ja, im Unterschied zu P. O., der im nördlichen Burträsk aufgewachsen war, das relativ milde Mälarseeklima von Västerås gewohnt und konnte nie ganz aufhören, mich über die wahnwitzige Energie der Schneestürme zu wundern, die über die Ebene hinwegfegten; die bedrohliche Stille mit vereinzelten frei schwebenden Schneekristallen an manchen Morgen, wenn das Thermometer bei minus dreißig Grad stehengeblieben schien, das grünblaue, schwache Tageslicht an einem Februartag in Uppsala.

Das Frühjahr 1956 wurde gegen Ende etwas turbulent. Wir hatten uns an das summende Geräusch des permanenten Streits gewöhnt, den die Schwestern Rothvik im Wohnzimmer austrugen. Warum Emmy nie geheiratet hatte, warum Anni geschieden war, und so weiter. Eines Morgens erfüllte ein abscheulicher Geruch nach angebranntem Milchbrei die Wohnung. P. O. und ich ahnten beide nichts Gutes und stürzten jeder aus seiner Richtung hinaus in die Küche, wo sich zeigte, daß Emmy tot dalag, ereilt von einer großen, schnell wirkenden Gehirnblutung. Wie es bei alten Menschen in dieser Situation oft der Fall ist, war ihr Bewußtsein so rasch erloschen, daß sie den Sturz nicht abfangen konnte. Das eine Auge hatte sie sich am Ofenrand ausgeschlagen.

Wir stellten fest, daß nicht viel zu machen war, und brachten so schnell und gründlich wie möglich alles in Ordnung. Die Schwester war ausgegangen. Wir riefen die Polizei und einen Krankenwagen, und das alles in einer eigentümlichen *Ausgelassenheit*, die, glaube ich, etwas mit der Dichternatur zu tun hat. Schriftsteller oder literarische Begabungen haben eine große Fähigkeit zu dem, was Husserl *epoké* nennt, die Fähigkeit, einen Schritt zurückzutreten und die Wirklichkeit zu betrachten, als sähe man sie zum erstenmal.

Doch nach Emmy Rothviks Tod herrschte kein rechter Frieden mehr im Bredgränd. Es war, als wäre ein subtiles Gleichgewicht gestört. Anni saß meistens zu Hause und weinte um die Schwester – mit der sie noch bis vor kurzem permanent gestritten hatte –, und man mußte sich in die Bibliothek setzen, um in Ruhe arbeiten zu können. Mir stand die Einberufung zum Königlichen Uplands Regiment gegen Ende Mai bevor, und ich mußte bis dahin die Zwischenprüfung in theoretischer Philosophie ablegen. Was ich auch tat. Das Gefühl von einem friedlichen Zufluchtsort verschwand aus der Wohnung. P. O. und ich zogen aus, jeder in seine Richtung. Die Zeitschrift *Vi* lehnte die Novelle ab, die P. O. über Emmy Rothviks Tod geschrieben hatte, und *Femtiotal* lehnte mein Lehrgedicht über Mr. Pullen ab.

Als wir uns einige Jahre später wiedersehen sollten, war es in anderen Lebensumständen. P. O. als verheirateter Mann und ich als jüngerer Wissenschaftler mit einem staatlichen Stipendium und einem Zimmer im Wohnheim Gubbhyllan. Bereits Mitglieder verschiedener Eliten und nicht mehr so klein und ausgesetzt wie damals, im Bredgränd 5.

Als ich ins Königliche Uplands Regiment einrückte, fand ich zu meiner freudigen Überraschung, daß man dort dreimal täglich frei verköstigt wurde. Seitdem bin ich nie mehr hungrig herumgelaufen.

Die Philosophen

»Sir, if you would like to, we could show you around here in Uppsala.«

»Thank you, but I don't really think you should take the trouble.«

»We have a very fine cathedral, with two towers.«

»I believe you.«

Nein, Rudolf Carnap, Verfasser von *Der logische Aufbau der Welt* und *Scheinprobleme in der Philosophie*, war offenbar nicht auf Sehenswürdigkeiten aus, als er zu einer Vorlesung in den Philosophischen Verein kam. Diese Episode begab sich einige Jahre vor meinem Antritt als Vorsitzender. Es war ungefähr zu dem Zeitpunkt, als Bertrand Russell auf eine höfliche Einladung antwortete, er habe jetzt den Nobelpreis bekommen und müsse nun nicht mehr seine Tüchtigkeit beweisen, weshalb er es vorziehe, daheim in England zu bleiben.

Gewöhnlich ging es im Philosophischen Verein in Uppsala ziemlich ruhig zu. Jeden Herbst, soweit ich mich erinnern kann, wurde C. D. Broad aus Cambridge mit Hilfe des Fornanderschen Fonds eingeladen und absolvierte im Schneckentempo einen neuen Abschnitt der Sinnesdatentheorie. Nach dem Vortrag gab es der Reihe nach Redebeiträge; nach Rang, könnte man sagen. Zuerst die Professoren, Marc-Wogau und Hedenius. (Letzterer war übrigens auf englisch nicht zu verstehen, erstaunlich für einen sonst sehr artikulierten Mann.) Anschließend der eine oder andere Dozent, irgendein mutiger Doktorand und Gasthörer aus anderen Instituten. Thorild Dahlquist, ein glänzender Lehrer, erläuterte seine Standpunkte mit Vorliebe in der Pause, wobei Kaffee und Kopenhagener serviert wurden, und in den letzten Jahren, wenn ich mich recht erinnere, auch stärkere Getränke. Wir hatten auch unsere zwei Hausexzentriker, die Herren G. A. Berg und Axel Bylund. G. A. Berg war ein älterer, soignierter Gentleman und ehemaliger Möbelentwerfer. (Er hat immer behauptet, ob zu Recht oder Unrecht, er sei der wahre Erfinder des Åkerblomstuhls. Seine Beiträge waren kurz und total irrwitzig und handelten größtenteils davon, daß der Flüssigkeitsdruck im Rückenmark für die meisten philosophischen Fragen entscheidend sei und man daher darauf achten müsse, beim Philosophieren eine optimale Sitzhaltung einzunehmen. Nun sind ja Philosophen gewöhnlich an Stühlen und Tischen interessiert, wenn sie anfangen, ihre eigene Existenz zu analysieren, dieser Herr jedoch hielt es mehr mit dem gesunden Menschenverstand. Er sah sie tatsächlich als etwas, was man auch benutzen kann.) Bylund war eine Spur lästiger; er redete immer sehr ausführlich und kam stets auf dasselbe Thema zurück, daß nämlich die spanischen Verben *ser* und *estar* durch ihre Unterschiedlichkeit zeigten, daß »existieren« verschiedene Bedeutungen haben konnte. Wir nannten seinen Standpunkt, durch die Jahre bis ins Unendliche wiederholt, »das spanische Widerspruchsgesetz«. Vielleicht hatte er recht, trotz allem.

Es gab große Abende und kleine Abende. Manchmal entwickelten sich richtig lebhafte Debatten, wenn ein jüngerer Wissenschaftler in die Stadt kam. Mit besonderem Vergnügen erinnere ich mich an all die fabelhaften Diskussionen, die Mats Furberg aus Göteborg initiierte, ebenso wie sein älterer Kollege Ivar Segelberg. Ausländische Größen waren eher gehemmt.

Anfang der sechziger Jahre bekamen wir den großen Ontologen Gustav Bergmann als Gastprofessor. Dieser Herr, ursprünglich Wiener und als jüdischer Flüchtling in die amerikanische Universitätswelt gelangt, war so etwas wie ein Fürst in seinem kleinen Kreis. Er war bekannt dafür, daß er seine Schüler von der University of Wisconsin auf Lehrstühlen hier und da in den USA unterbrachte. Noch heute stößt man zuweilen auf sie, und sie zeichnen sich dadurch aus, daß sie etwas schreibgehemmt und pedantisch sind und manisch beschäftigt mit den tiefen alten Bergmannproblemen. Dieser Mann hatte offenbar die Gewohnheit, die Aufsätze seiner Studenten stets in deren Anwesenheit vorzulesen, eine Lesung, die begleitet war von löwenhaftem Gebrüll, sobald er etwas fand, was er nicht begriff. Für ihr intellektuelles Selbstbewußtsein war das bestimmt nicht gut, aber wenige Schüler sind ihrem Lehrer so treu geblieben wie die von Bergmann. Ich kann das verstehen. Er war von einer weißglühenden Leidenschaft für die Philosophie erfüllt, und sein fast grenzenloser Enthusiasmus war genau von der Art, die junge Menschen fürs ganze Leben verzaubern kann.

In einer literarischen Darstellung wie dieser führt es zu weit zu erklären, was Bergmann so faszinierte, aber sagen wir mal, er wollte wissen, was es gibt und was es nicht gibt. Wenn ich beispielsweise vergessen habe, daß der Acht-Uhr-Zug im neuen, heute gültigen Fahrplan gestrichen ist, und versuche, den Acht-Uhr-Zug zu erreichen, muß es dann nicht doch etwas geben, was dem entspricht, was ich zu erreichen versuche? Denn »erreichen versuchen« erscheint ja als Beziehung zwischen zwei Dingen. Der Philosoph Meinong hat behauptet, diese internationalen Objekte, wie man sie immer genannt hat, besäßen tatsächlich eine Existenz, und hat auf diese Weise eine sehr reiche Ontologie erhalten.

Für Bergmann war es eine Lebensaufgabe, diese Ontologie auf etwas kleinere Proportionen zu verschlanken. Ich selbst habe nie begriffen, was so schrecklich daran ist, wenn man behauptet, daß Mr. Pickwick existiert, zumal wir ja alle wissen, daß Mr. Pickwick ein Herr ist und keine Dame, und also tatsächlich wahre und falsche Aussagen über ihn machen können. Bergmann faszinierte dieser ganze ontologische Zirkus vom Mittelalter bis heute. Auch er hatte einige eigentümliche Bausteine in seinem ontologischen Kasten. Eine merkwürdige Idee, die in ihrem Zusammenhang eine Spur weniger merkwürdig ist, als es hier erscheint, war die, daß es eine Art von *fundamental ties* geben müßte, einen logischen Kleister, könnte man vielleicht sagen, der Eigenschaften mit ihrem Träger verbindet. Wenn beispielsweise die Tomate rot ist, gibt es nicht nur die Tomate und die Röte, sondern noch etwas Drittes, einen *fundamental tie*, der die Röte an ihrem Platz hält. (Eine gute Einführung in Bergmanns Philosophie ist seine *The Metaphysics of Logical Positivism*, University of Wisconsin Press 1954, und die tieferen Aspekte seiner Philosophie kann man studieren in *Meaning and Existence*, ebenda 1959, und in *Realism. A Critique of Brentano's and Meinongs' philosophies*, 1967.)

Bergmann unterbreitete den Uppsalaiensern diese Idee in einer Vorlesung, die als Höhepunkt seines Aufenthalts in Uppsala gedacht war. Er war schon von vornherein verstimmt, da er sich in Uppsala schlecht behandelt fühlte. Zeitweise hatte man ihn und seine Frau in einer Souterrainwohnung draußen am Rackarbacken einquartiert, und als meine damalige Frau und ich ihn dort besuchten, behauptete er, der einzige Besucher innerhalb von sechs Wochen sei eine Katze gewesen, die zum Fenster hereinsprang. Wie alle richtigen amerikanischen Professoren hielt er gewissenhaft seine Bürostunden im Institut am Villavägen ein, und offenbar waren die Studenten zu eingeschüchtert, um ihn dort aufzusuchen. Vielleicht waren sie auch einfach nicht vertraut mit dieser vortrefflichen Einrichtung; eine feste Zeit, zu der man mit Fragen zu seinem Professor kommen kann, die man im Vorlesungssaal nicht zu stellen wagt.

Als Bergmann nun mit seiner Vorlesung am Ende war, meldete sich der damalige Dozent und spätere Professor Stig Kanger (der leider auch schon tot ist) leise zu Wort und fragte, ob nicht diese fundamentale Verbindung ihrerseits eine Verbindung verlange, nennen wir sie *epsilon*, die das Verbindende mit dem Verbundenen verbinde. Und müßte man nicht in diesem Fall (das Argument gibt es schon bei Platon, aber ich glaube nicht, daß Kanger das wußte, denn wie ich argwöhne, hat er nie einen Platon aufgeschlagen; dieser sehr intelligente Mann war tatsächlich in den Philosophen schlecht belesen, und natürlich wußte das der dämonisch gelehrte Bergmann) neue *fundamental ties* bis ins Unendliche annehmen? Stig versuchte mit anderen Worten ein ziemlich bekanntes Regreßargument gegen Bergmanns Gambit. Daß er dabei unbedingt ein Epsilon verwenden mußte, natürlich als griechischer Buchstabe geschrieben und in eine wachsende Reihe von Parenthesen eingeschlossen, war wohl eine besondere Schmach. Bergmann gehörte bestimmt nicht zu den Philosophen, die meinen, man würde klüger davon, wenn man lateinische Buchstaben mit griechischen vertauscht. Der griechische Buchstabe Epsilon wird oft in der formalisierten Sprache für die Elementarrelation verwendet; $\alpha \varepsilon K$, wobei α ein Element ist und K eine Klasse, und wo ›ε‹ für die Relation steht, daß α zu K gehört. Dies so zu schreiben, war in philosophischer Sprache eine Art zu sagen, daß man das ganze Problem extensional sah, das heißt lediglich als Relation zwischen Klassen, was Bergmann erst recht verärgert haben muß, denn für ihn war der springende Punkt, daß die Verbindung viel tiefer ging und mehr im Innersten der Dinge begründet war. Mit einer tiefblauen Gesichtsfarbe wie bei einem Neugeborenen und die Haare (ich schwöre) senkrecht zu Berge stehend, brüllte er, daß man es bis in die Hausmeisterwohnung hörte:

– Ich habe Ontologie gelernt, ja, ich habe sie wahrhaftig gelernt, mit Blut, Schweiß und Tränen. Und da kommt ein Mr. Kanger daher mit seinem verdammten Epsilon. *To hell with Mr. Kanger and his epsilons!*

Natürlich sprach in Uppsala nach diesem Tag kein Mensch mehr mit Gustav Bergmann. So etwas gehörte sich nicht im Philosophischen Verein.

Das Philosophische Institut in Uppsala war in meiner Jugend eine sehr freundliche kleine Institution, sehr viel persönlicher als die großen. Wenn es Snobismus gab – und den gab es –, dann nicht auf dem Niveau, auf dem man Studenten überheblich behandelt. Doch es gab eine intellektuelle Trägheit, einen Unwillen, überhaupt etwas zu diskutieren, was sich außerhalb des allerengsten logischen empirischen Programms befand (das genaugenommen in diesen Jahren durch W. V. O. Quines vernichtende Kritik in *Two Dogmas of Empiricism* schon in den letzten Zügen lag). Sartre war nichts als Gefühle, über Bergson rümpfte man die Nase, und sogar die ideenreiche und enger verwandte Oxfordschule, der ich mich in meiner Jugend widmete, galt überwiegend als destruktive angelsächsische Jugendbewegung.

Wenn ich beispielsweise meine Dissertation betrachte, die ich mir schließlich im Jahr 1961 abgerungen habe, *Das Paradigmaargument*, fällt mir auf, wie schrecklich gehemmt von verschiedenen Dogmen ich darin bin. Ich wirke wie ein Mann, der beide Arme bis über die Ellbogen in Gips trägt und trotzdem versucht, Tischtennis zu spielen. Wenn ein sprachlicher Satz sinnvoll ist, muß auch seine Negation sinnvoll sein, lautet eins der Axiome. Wozu diese Symmetrie? Heute kann ich keinen anderen Grund dafür erkennen, als daß Aristoteles und Professor Marc-Wogau das meinten. Wie ist es mit dem Satz »Ich bin tot«? Hätte ich in meiner Jugend die Philosophie mit dem gleichen gesunden Selbstvertrauen angepackt, mit dem ich Poesie schrieb, wäre ich heute ein viel besserer Philosoph.

Sind Philosophen ein besonderer Menschenschlag? Verglichen mit den notorisch schwierigen Schriftstellern fand ich sie stets weniger eingebildet, unendlich viel bereitwilliger, anderen zuzuhören, und insgesamt angenehmer im Umgang.

Verglichen mit Physikern, die, erst einmal arriviert, gern fürstliche Allüren annehmen, sind selbst sehr erfolgreiche Philosophen ganz bescheidene Personen. Sie sind aggressiver und eigensinniger als die meisten Menschen, aber gewöhnlich richtet sich die Aggression mehr gegen die Probleme als gegen die Mitmenschen. Natürlich sind alle diese Verallgemeinerungen sehr unphilosophisch. Und doch kann etwas daran sein.

Arbeitsstile und Schulen unterscheiden sich erheblich, und auch die örtlichen Kulturen spielen natürlich eine Rolle. Noch ist es ein weiter Weg, bis die Philosophie genauso formalisiert ist wie das Tennisspiel, das gleich aussieht, ob man es nun auf einem Ziegelsandplatz in Europa spielt oder auf einem Platz aus gestampftem Kuhdung in Indien. Die Uppsalaphilosophen meiner Jugend sind mir als furchtbar schüchtern in Erinnerung, moderne amerikanische Philosophen sind dagegen in der Regel äußerst umgängliche und redselige Menschen. Unbestreitbar besteht ein gewisser Unterschied zwischen einem Jesuitenpater, der sein ganzes Leben mit Details bei Thomas von Aquin verbracht hat, und einem russischen Jungphänomenologen mit Lederjacke, der sein Studium mit Schwarzmarkthandel bestreitet. Und beide unterscheiden sich beträchtlich von einem richtigen apfelbäckigen *fellow* im King's College oder von den mageren, drahtigen jungen Männern aus dem Mittelwesten, die einst zu Gustav Bergmanns treuester Jüngerschar wurden. Die soziale Rekrutierung ist außerordentlich demokratisch. Bertrand Russell war ein Lord, Spinoza ein Linsenschleifer, Wittgenstein einer der reichsten Männer der Welt, bevor er sein Geld weggab, und Saul Kripke ein Jeschiwajunge aus einer amerikanischen Innenstadt. Diderot war freier Journalist und Nietzsche Frührentner.

Philosophen sind heute oft Philosophieprofessoren, aber ein Philosophielehrer zu sein muß nicht unbedingt dasselbe bedeuten, wie Philosoph zu sein. Die Klassen sind offenbar nicht koextensiv. Daß es gute Philosophen gibt, die nicht lehren, versteht sich. Es gibt aber auch eine Menge Philosophieprofessoren, die nicht philosophieren. Dem lange aufrechterhaltenen Mythos, Professoren würden forschen, wenn sie nicht bei ihren Studenten sitzen, sind Politiker schon hier und da ein bißchen zu Leibe gerückt. Dies wird in Zukunft einen der bequemsten und sorgenfreiesten Berufe der Welt, nämlich den des Professors, etwas schwieriger machen.

Außerdem gibt es natürlich gute Philosophen, die gute Lehrer sind. Gilbert Ryle, den ich im Sommer 1957 im Magdalene College kennenlernte, war eine solche Doppelbegabung. Seine Vorlesungen waren Ereignisse und mußten in einem besonders großen Saal stattfinden. Seine Analysen, wie wir mißverstehen, was wir selber sagen und auf diese Weise philosophische Scheinprobleme schaffen *(The Concept of Mind)*, halte ich bis heute für klärend in vielen Fragen. In Uppsala war er verhaßt, warum, weiß ich nicht recht, vielleicht wegen seiner lässigen, umgänglichen Art.

Kurz gesagt, Philosophen können ganz verschiedene Arten von Menschen sein.

Was treibt die Philosophen an? Bestimmt nicht Gewinnsucht oder die Hoffnung auf öffentlichen Erfolg. Bertrand Russell, der mit Abstand populärste Philosoph seiner Zeit, hatte in seinen Perioden als freier Schriftsteller dauernd mit finanziellen Problemen zu kämpfen. Ludwig Wittgenstein mußte einen langjährigen, fintenreichen Kampf ausfechten, bevor er Routledge & Kegan Paul dazu brachte, den *Tractatus logico-philosophicus* herauszubringen – der heute, in unserer Zeit, als größter philosophischer Verkaufserfolg aller Zeiten dasteht.

Hochmut? Ja, mag sein, aber nicht primär. Die Überzeugung, recht zu haben? In einigen Fällen vielleicht. Aber auch das ist dem wahren Philosophen nicht wichtig. Der wahre Philosoph pfeift nicht selten sogar auf die Frage, ob er überhaupt gelesen wird oder nicht:

»Im verbleibenden Teil dieser Arbeit will ich für gegeben annehmen, daß eine Person existiert, die von mir selbst getrennt ist und die dieses Buch liest und sich darum bemüht, es zu verstehen. Diese Person nenne ich den Leser. *Eine solche Person existiert nicht. Niemals wird jemand anders als ich selbst dieses Buch lesen und versuchen, es zu verstehen.«* (Andries MacLeod, *Wirklichkeit und Negation*, Paragraph 527.)

Einer von den Stars im Philosophischen Verein von Uppsala, ein glanzvoller Philosoph, war der gebürtige Belgier Andries MacLeod, Verfasser einer Reihe von geheimnisvollen und faszinierenden Werken, die noch heute ein kaum erforschtes und fast unbearbeitetes Gebiet darstellen, weitaus interessanter, vermute ich, als gemeinhin angenommen wird. (Andries MacLeod: *Sur divers questions se présentant dans l'étude du concept de réalité*, Paris 1972. Ders.: *Beschaffenheit und Inhalt eines Bewußtseinszustandes*, Uppsala 1960. Ders.: *Wirklichkeit und Negation*, Uppsala 1972.)

MacLeods Werk sucht noch immer seinen Doktoranden. Die Sicht der Welt, die MacLeod entwickelt und der er sein ganzes Leben lang treu bleiben sollte, war eleatisch. Zeit und Raum existieren eigentlich nicht in MacLeods Philosophie, vielmehr sind Zeit und Raum eine Art von Ausdehnungen, die ein für allemal gegeben sind und alles enthalten, was sie enthalten. Wenn ich morgen Rote Rüben essen werde, dann sind diese Roten Rüben (und meine Beschäftigung mit ihnen) schon zu ihrem Zeitpunkt da. »Es ist absurd, anzunehmen, die Wirklichkeit insgesamt ließe sich verändern«, heißt es an einer charakteristischen Stelle bei MacLeod. Seine Philosophie war, kurz gesagt, der von Bergson kontradiktorisch entgegengesetzt, in der es bekanntlich darum geht, daß man die Zeit ernst nimmt; die gesamte Wirklichkeit entsteht genau in diesem Augenblick. MacLeods Philosophie hatte etwas düster Attraktives; es war faszinierend, sich vorzustellen, daß Cäsar zu seinem Zeitpunkt dabei ist, den Rubikon zu überschreiten, und daß etwas, was in tausend Jahren geschehen wird, dabei ist, dort zu seinem Zeitpunkt zu geschehen. MacLeods letztes Buch war ein sehr umfassendes und nicht ganz leicht verständliches Werk mit dem Titel *Beschaffenheit und Inhalt eines Bewußtseinszustandes*, und es war tief verbunden mit Adolph Phaléns Philosophie. Phalén hielt MacLeod für einen der größten Philosophen aller Zeiten, und dieser heute ziemlich in Vergessenheit geratene Uppsalaphilosoph und Begriffsrealist war tatsächlich der Anlaß dafür, daß MacLeod irgendwann zur Zeit des Ersten Weltkriegs nach Uppsala kam.

Bei einer Gelegenheit hatte ich die Frechheit, MacLeod für sein hervorragendes Schwedisch ein Kompliment zu machen – eine Sprache, die er wirklich sehr gut schrieb und mit seiner eigentümlich piepsigen Stimme sprach. Er antwortete mit der Bemerkung, er würde tatsächlich schon sehr viel länger als ich Schwedisch sprechen. MacLeod war ein kleiner weißhaariger Mann mit einem sehr schönen Kopf; er sah ungefähr so aus wie Dr. Mabuse in Fritz Langs Horrorfilm, war aber keineswegs eine Horrorfilmfigur, sondern ein geduldiger und freundlicher kleiner Herr, der jederzeit bereitwillig über Philosophie diskutierte, vor allem mit sehr jungen Menschen. Und – was ebenfalls nicht übel war – immer einen neuen Vortrag fertig hatte, um ihn im Philosophischen Verein zu halten. Diese Vorträge, die sich oft in einem Tempo vorwärts bewegten, das eine Schnecke als eine Art rasenden Rocker hätte erscheinen lassen, bildeten Scherben und Bruchstücke von etwas, was offenbar ein sehr großes philosophisches System war.

Er war bestimmt in vieler Hinsicht der Gegensatz von Bergmann. Ich glaube, er hat in seinem ganzen Leben nie eine Gruppe Studenten unterrichtet. Er bewohnte eine unglaublich schlicht möblierte Wohnung in der Seminariegatan, deren gesamte Einrichtung aus einem Bett, einem Tisch, Rasierzeug und einem Sessel bestand. Und dazu natürlich gewaltige Manuskriptstapel. Er war kein Philosophielehrer. Trotz seiner Freundschaft mit den Kollegen im Villavägen hat er uns allen klargemacht, daß er von anderem Schlag war. Er lebte von den Mieteinnahmen aus einigen Häusern in Belgien, die ihm seine Mutter vererbt hatte. Seine Frau war seit Jahrzehnten tot. Als er sehr alt und einsam zu werden begann, quartierte er sich einfach in einem Bauernhof in der uppländischen Provinz ein.

In seinem späteren Leben gab es keinen Platz für *irgend etwas* anderes als Philosophie; keine Frauen, keine Kinder, keinen Sport. Ich glaube nicht, daß er Musik hörte oder Tageszeitungen las (aber vielleicht irre ich mich da). Er war total allein mit den *Problemen*, den philosophischen, meine ich, und die vielen Notausgänge, die sich die meisten Philosophen offenhalten, damit sie nicht unaufhörlich *die Probleme anstarren müssen* – Studenten, Kollegen, Konferenzen, Fakultätsbelange –, gab es für MacLeod nicht. Er war allein mit dem Gegner, und der Gegner war etwas durch und durch Abstraktes, was natürlich trotzdem ebenso real wirken konnte wie ein körperlicher Gegner, ja, realer. Denn körperliche Gegner sind ja alle sterblich – die Sterblichkeit ist, könnte man vielleicht sagen, die Finesse daran, einen Körper zu haben. Der Philosoph muß zu all seinen anderen Problemen den Gegner mit einem Körper ausstatten. Es ist der Philosoph, der seinen Feind formuliert, der ihn körperlich macht, oder vielleicht sollte man sagen, textkörperlich. Glaubt mir, ein philosophisches Problem kann einen Menschen aufzehren. Das habe ich mehrmals gesehen.

Was veranlaßt einen Menschen wie Andries MacLeod, eine Person, die natürlich ein sehr erfolgreicher Ingenieur, Finanzmann oder vielleicht Mathematiker hätte werden können, sein ganzes langes Leben einigen der abstraktesten, um nicht zu sagen abstrusesten Problemen zu widmen, die es in der Philosophie gibt, nämlich den sogenannten intentionalen Objekten und ihrer Existenz? Es ist natürlich verlockend, hier etwas Psychologie anzuwenden.

Die Psychologie kann dabei recht unterschiedliche Formen annehmen, aber im Prinzip wäre es wohl ihre Aufgabe, das philosophische auf ein psychologisches Problem zurückzuführen. Ich glaube aber, das ist nicht möglich.

Ein Typ der allgemeineren psychologischen Erklärung wäre es, zu untersuchen, warum Menschen überhaupt von philosophischen Problemen so besessen sind, daß sie ihnen ihr ganzes Leben widmen. Der andere Erklärungstyp ist spezifischer; im Prinzip müßte es darum gehen, psychologisch zu erklären, warum eine bestimmte philosophische Theorie so aussieht, wie sie aussieht. Gibt es eine Psychologie der Philosophie, muß man mit anderen Worten unterscheiden zwischen der Psychologie des Problems und der Psychologie der Problemlösung.

Es ist völlig klar, daß das Problem zu einer Kraft werden kann, stark genug, allen normalen menschlichen Bedürfnissen in die Quere zu kommen, sie kann *libidinöse* Stärke annehmen, würde ein Freudianer vielleicht sagen.

Woran der psychologisch Geschulte wohl am ehesten denkt, ist die Welt der Zwangsneurose; dies, von einem Gedanken so besessen zu sein, daß man ihn nicht loslassen kann.

Auch die Art und Weise der Problemlösung lädt zu psychologischen Erklärungen ein. Ich meine, es erscheint nicht ganz abwegig zu sagen, daß die tiefen Ungleichheiten der Art, wie Platon und Aristoteles Probleme lösen, sicherlich etwas mit ihren unterschiedlichen Persönlichkeiten zu tun haben. Was sind es für besondere Eigenarten bei Kant, die es für ihn so wichtig machen zu zeigen, daß die Welt, in der wir zu leben meinen, nicht die endgültige Welt ist und daß diese andere Welt unerreichbar ist? Und warum hatten Philosophen wie Husserl und Henri Bergson gerade im Gegenteil das Bedürfnis zu sagen, daß die Welt, die wir vorfinden, die einzig wirkliche Welt ist, daß wir durch den Strom unseres eigenen Bewußtseins tief darin versenkt sind und sie niemals verlassen können?

Bevor man sich in solche Erklärungen verliert, muß man sich klarmachen, daß philosophische Lösungen nicht in erster Linie von unseren Wünschen diktiert werden, sondern vom Systemzwang, der in der Natur des Problems selbst liegt, und daß man tatsächlich *gegen seinen Willen* zu einem philosophischen Ergebnis gelangen kann. Betrachtet man die großen, zentralen philosophischen Probleme, wie die Frage nach den ontologischen Bausteinen der Welt (Begriffe, Phänomene, Namen oder Dinge), die Freiheit des Willens oder das psychophysische Problem, zeigt sich ja ein Muster, nicht ganz unähnlich dem, wozu die gesamte Erfahrung der Menschheit mit Schachpartien geführt hat: ein baumartiges Muster. Mit bestimmten Eröffnungszügen gelangt man in Strukturen hinein, wo verschiedene Entscheidungen auf verschiedene Spuren führen. Es entstehen sozusagen Eröffnungszüge, Gambits und Partien, die in einem gewissen Grad bei verschiedenen Denkern in verschiedenen Epochen wiederkehren. Doch Philosophie bedeutet nicht freies Schaffen wie Poesie. Sie hat ein starkes kreatives Element, aber es gibt auch die Zwänge, welche die innere Struktur eines bestimmten Problems dem Ausübenden auferlegt.

Vernünftigerweise kann man vielleicht sagen, bei einem großen Teil der Philosophie geht es darum, die Welt auf eine solche Weise umzuformulieren, daß sie weniger *veränderlich* wirkt, als sie der menschlichen Erfahrung erscheint. Ein anderes, offenbar sehr fundamentales Bedürfnis ist jenes, das zuweilen als Bedürfnis nach theoretischer *Sicherheit* bezeichnet wird. Descartes' Bedürfnis, etwas zu finden, was sich nicht bezweifeln läßt. Man könnte annehmen, daß dieses Bedürfnis etwas mit der Erfahrung der Einsamkeit zu tun hat. Davon überzeugt zu sein, daß wirklich eine Katze auf dem Teppich sitzt und nichts anderes, wie es heißt, »Illusorisches«, ist ja das Bedürfnis zu wissen, daß jemand anderes, der ins Zimmer käme, dasselbe auf dem Teppich sehen würde wie ich. Man könnte also sagen, der Tod ist der Vater der Philosophie und die Einsamkeit ihre Mutter.

Aber was würde es bedeuten, wenn man versuchte, die philosophischen Probleme in psychologische umzuformulieren? Würden sie dann weniger problematisch, weniger brennend?

Angenommen, jemand hat seit der Kindheit Angst vor Brücken oder vielleicht vor Flugreisen, er ist nicht ganz sicher, daß diese Fortbewegungsmittel wirklich das halten, was sie versprechen. Wie unterscheidet sich eine solche Unsicherheit von dem systematischen Zweifel in Descartes' erster Meditation?

Es gibt auffallende Ähnlichkeiten. In beiden Fällen läßt sich die Ungleichheit natürlich als etwas sehen, das zu kurieren ist, und Descartes selbst betrachtet anscheinend seine Argumentation als Therapie. (Beim späten Wittgenstein ist das Therapiemodell sehr hervorstechend, das philosophische Problem zeigt, daß es eine Lösung gefunden hat, indem es verschwindet.)

Wir benutzen normalerweise Brücken, auch wenn wir nicht glauben, daß Dinge wie Brücken zur endgültigen Analyse oder Bestandsaufnahme der Zusammensetzung der Welt gehören, der Zwangsneurotiker aber meidet sie. Das Problem des Philosophen ist nicht von der Sorte, daß wir ihn (oder sie) überreden könnten, es loszulassen. Es ist kommunizierbarer als das des Neurotikers, aber zugleich tiefer verwurzelt. Philosophische Probleme sind – das wäre eine mögliche Betrachtungsweise – die Neurosen, die uns allen gemeinsam sind.

Eine Ecke von Berlin

Samstag

Genau da, wo der Stadtteil Friedenau anfängt, oben beim Bundeseck, liegt ein hübscher kleiner Buchladen, Wolff's Bücherei, die zwei charmanten Damen gehört, welche sie ihrerseits von Katia Wagenbach übernommen haben, der früheren Frau des Verlegers.

Hier habe ich schon viele Male in meinem Leben gelesen, und es ist jedesmal wieder genauso angenehm. Der Buchladen ist schon im Normalzustand sehr klein, mit einem angenehmen Duft nach Bücherstaub und Zigaretten der Marke Rothhändle, und wenn man fünfzig Stühle hineinstellt und ein Publikum zwischen die Bücherstapel quetscht, hat der Vorleser leicht das Gefühl, seinen Zuhörern auf dem Schoß zu sitzen.

Heute abend waren besonders viele Leute gekommen. Der erste, den ich sah, war der kleine Sohn des Zahnarzts Schmidt aus Austin, Dr. Gary Schmidt, der Walter-Benjamin-Experte geworden ist und jetzt an der Freien Universität lehrt. Wie schnell jagt doch die Zeit unsere Jahre!

Und all die alten Freunde waren da. Die Berliner sind im Herbst 1991 offenbar glänzender Laune. Angefangen mit dem großen Wolf Lepenies vom Wissenschaftskolleg bis hin zu den Mädchen an der Hotelrezeption befinden sich anscheinend alle in einem emotionalen Champagnerrausch. Sie finden, die Welt sei ganz einfach wieder interessant geworden. Und voll von neuen Möglichkeiten. Man kann wohl sagen, die Berliner benehmen sich in diesem

Herbst ein bißchen so, wie man es noch in meiner Jugend von Amerikanern erwartete. Die vorurteilslosen, optimistischen und vor Initiative sprühenden Vertreter eines neuen Kontinents.

Ein bißchen sonderbar ist das freilich schon. Dieses Berlin liegt im Zentrum eines großen und zugänglichen Gebiets, eines Hinterlands, wie es bei den Geographen heißt.

Das Berlin, in dem ich Anfang der siebziger Jahre wohnte, war eine Insel. Im November schauten alle nervös zum Himmel, wenn der Nebel kam und die Flugzeuge nicht mehr verkehrten. Dies war der Augenblick, in dem die insulare Situation deutlich wurde.

Man könnte natürlich das Westberlin von damals auch mit einem steinkohlenduftenden, aber im Grunde gemütlichen, stark subventionierten Wohnzimmer vergleichen. Westberlin war nett zu Malern, Schriftstellern und Komponisten, denn das war ein wichtiger Teil der Überlebensstrategie. Noch heute kann ich mir nicht vorstellen, wie ich ohne die Großzügigkeit der Stadt Berlin ein Projekt wie den Romanzyklus *Die Risse in der Mauer* hätte verwirklichen können. Damals hatte ich keine Texasuniversität, um mich darauf zu stützen, und im Heimatland hätte man wohl am liebsten gesehen, daß ich die schriftstellerische Tätigkeit aufgab. (Man scheute sich nicht einmal, dies öffentlich zu sagen.) Die Stadt Berlin gewährte mir eine handfeste finanzielle Unterstützung, so handfest tatsächlich, daß ich einen ursprünglich für ein Jahr vorgesehenen Aufenthalt auf zwei Jahre verlängern konnte. Eine unschätzbare Atempause, in der *Wollsachen* und *Sigismund* entstanden, aber auch die Pläne für *Das Familientreffen* und die grundlegenden Ideen für das, was *Der Tod eines Bienenzüchters* werden sollte.

Es gab aber auch menschliche Unterstützung.

Genau in dieser Ecke, an der Grenze von Friedenau, wohnte um 1972 herum praktisch in jedem Karree ein Schriftsteller. Überquert man von der Wolffschen Buchhandlung aus die Straße in östlicher Richtung, kommt man in die Sarrazinstraße, wo Max und Marianne Frisch wohnten. Bei ihnen zu Hause traf man oft einen netten, doch etwas exzentrischen Mann aus der nahe gelegenen Niedstraße 6, Uwe Johnson. Beide sind jetzt tot, aber ich erinnere mich so deutlich an sie, wie sie an dem schweren, soliden Eßtisch in Max Frischs Wohnung saßen, an den Duft der Pfeifen, die beide mit großem Ernst rauchten, an die Weinflaschen und Käsesorten. Max klein und breit, Johnson groß, schwer, ungeschlacht wie ein Mumintroll. Jedoch nicht in der Entgegnung, da war er flink wie ein Wiesel. Wunderbare lange Nachmittagsgespräche – ich habe mich immer gefragt, *wann* diese Herren eigentlich schrieben, aber *daß* sie schrieben war schwer zu bezweifeln. Die Vertraulichkeit dieser Gespräche war, wie mir zwanzig Jahre später klar wird, sehr groß. Wir sprachen zuweilen sogar miteinander über das, woran wir arbeiteten.

Johnson war ein sehr aufmerksamer Mensch. An einem solchen Freitag nachmittag bemerkte er, daß meine Pfeife aus den Fugen ging. (Ja, auch ich habe damals Pfeife geraucht; ich fürchte, bei Max hat das Pfeiferauchen das Lungenemphysem verursacht, das sein Tod wurde.) Am Montag liegt in meinem Briefkasten eine kleine, sorgfältig beschriftete Briefkarte, auf der er die Adressen von nicht weniger als zwei verschiedenen Pfeifenreparateuren in dieser Gegend mitteilt.

Auf der anderen Seite der Hauptstraße, etwas weiter

westlich, lag zeitweise Manfred Durnioks Theateragentur. Ungefähr neunzehn Jahre nach dem Tod des freundlichen alten Herrn fand ein neuer Inhaber seines Büros, der nicht das geringste mit Theater zu tun hatte, in einem Blechschrank eine komplette englische Übersetzung meines Theaterstücks *Nächtliche Huldigung*, und es wurde tatsächlich 1989 von einem Studententheater in Berkeley aufgeführt. In Anwesenheit des damals sehr alten Martin Esslin, der fragte, warum zum Teufel er noch nie von diesem Stück gehört habe.

Ein anderer interessanter Schrank stand im Eßzimmer von Hans Magnus Enzensbergers Wohnzimmer in der Fregestraße 19, etwas weiter westlich, wo er damals wohnte, in königlicher Abgeschiedenheit, wie man wohl sagen muß. Es war ein riesiger alter Tresor aus der Gründerzeit, so entsetzlich schwer, daß kein späterer Bewohner der Villa ihn beim Umzug mitzunehmen schaffte. Magnus benutzte in all den Jahren dieses dekorative Ungeheuer (wenn ich mich recht erinnere, trug es einen Doppeladler im Firmenschild an der Vorderseite und hatte ein riesiges Rad zum Drehen) als Barschrank. Seine Versuche, eine elegante, gentlemanmäßige Bar zu unterhalten, wurden jedoch ständig sabotiert. Denn er bekam allzuoft Besuch von skandinavischen Journalisten.

Etwas weiter weg in derselben Richtung, typischerweise in der Stierstraße, wohnte Günter Grass, und ich glaube, er ist als einziger aus dieser glänzenden Gruppe von Schriftstellern noch immer im Besitz seines Berliner Hauses. Bei Grass wurden vorzügliche Suppen osteuropäischer Machart serviert, immer in der Küche.

Dieses Verzeichnis des literarischen Berlin in den siebziger Jahren streift nur die Oberfläche; es gab noch viel mehr Schriftsteller in diesem Umkreis, aber ich will nicht langweilig werden. Man verkehrte miteinander, jedoch in verschiedenen komplizierten Mustern, die ich nicht immer durchschaute. Allianzen wurden geschlossen und wieder aufgelöst. Diplomatische Beziehungen wurden angeknüpft, abgebrochen und von neuem angeknüpft. Als nicht konkurrierender, pfeiferauchender Ausländer mit singendem Akzent ging ich in den meisten dieser Wohnungen wie ein Kind im Haus ein und aus, und manchmal trafen wir uns auch in Kneipen und Restaurants. (Der damals sehr kleine Poet Joen Gustafsson – er war wohl etwa elf Jahre alt – wurde einmal von seinem freundlichen Deutschlehrer in der Schwedischen Schule in der Landhausstraße leicht gerügt, weil er seine Hausaufgaben nicht gemacht hatte, und verteidigte sich mit »Ich hab die halbe Nacht mit Uwe Johnson und Max Frisch im Bundeseck gesessen«.)

Sonntag

Gedächtnisfeier für Max Frisch in der Akademie der Künste. Walter Höllerer, Peter Härtling, Peter Bichsel und Walter Jens lasen ausgewählte Texte aus seinem Tagebuch, unter anderem die bizarre Geschichte, die den Ausgangspunkt für *Biedermann und die Brandstifter* bildete. Merkwürdig, wie lebendig der Tote bei dieser Lesung wurde, sein Humor, seine tiefen demokratischen Instinkte, sein Blick für Menschen.

Wir spielten gern verschiedene Spiele bei unseren Zusammenkünften im Bundeseck und in anderen Kneipen.

Eins davon war, einen Vorschlag zu machen, was wir am liebsten wären, wenn wir nicht wir selber wären. Die Malerin Gisela Breitling, in deren Atelier, einer unordentlichen alten Küche, ich damals manchmal Pinsel wusch, wobei ich unschätzbare Kenntnisse über Lasuren und Bienenwachsmedien gewann, während ich sie im Laufe eines Monats ein paar Quadratzentimeter von einer ihrer wunderschönen, neoklassizistischen Leinwände bedecken sah, wollte, wenn ich mich recht erinnere, ein schöner Jüngling sein, ich eine Schwalbe. Und Max wollte ein Stein sein, ein richtig kräftiger, solider Felsblock.

Im Frühjahr 1973 explodierte die sogenannte IB-Affäre in Stockholm. Zwei Journalisten, Jan Guillou und Peter Bratt, deckten auf, daß eine der geheimen staatlichen Organisationen, Informationsbyrån, mit dem Auftrag, der Spionage gegen Schweden vorzubeugen, von der sozialdemokratischen Partei mit Olof Palme an der Spitze als eine Art geheime Parteipolizei mißbraucht worden war, unter anderem mit umfassender Gesinnungsschnüffelei und Registrierung von Meinungsgegnern auf dem Programm. Zur Strafe für diese journalistische Großtat wurden Bratt und Guillou verhaftet und bekamen nach einer Weile einen Prozeß wegen Spionage, wofür sie dann auch zu je einem Jahr Gefängnis verurteilt wurden. Viel wäre über diese Angelegenheit zu sagen. Später zutage gekommene Fakten haben bestätigt – auf konklusive Art –, daß Bratt und Guillou recht hatten, und überdies einiges über Olof Palmes Verstrickung in die Affäre. Für mich und viele andere schwedische Intellektuelle wurde die IB-Affäre ganz entscheidend. Es war eine Angelegenheit von der Art, die ein für allemal das Vertrauen bricht. (Eine Konsequenz ist, daß ich es nie fertiggebracht habe, mich an den Versuchen zu beteiligen, Olof Palme mit so etwas wie einem postumen Heiligenschein zu versehen. Der Mann hat es einfach nicht verdient.)

Aber darüber ist in anderen Zusammenhängen viel geschrieben worden und wird vielleicht eines Tages noch mehr geschrieben werden.

Kurz und gut, an einem Herbsttag 1973 bekam ich Besuch von Per Olof Enquist, gerade zu der Zeit, als der Prozeß vorbereitet wurde. Wir diskutierten, was man unternehmen könnte, um die bedrohte schwedische Meinungsfreiheit zu verteidigen, und kamen zu dem Ergebnis, ein Protestschreiben, unterzeichnet von einigen wirklich bedeutenden deutschsprachigen Schriftstellern, garantiert guten Demokraten, wie es heißt, wäre genau das Richtige.

Wir bereiteten also einen Text vor, in der Absicht, daß Hans Magnus Enzensberger, Uwe Johnson, Max Frisch und Heinrich Böll ihn unterzeichnen sollten. Heinrich Böll war natürlich besonders wichtig wegen seiner Nähe zur deutschen Sozialdemokratie und seiner allgemeinen Stellung als Verteidiger des Guten in einer bösen Welt, aber die anderen Herren waren auch nicht unwichtig. Enquist und ich stümperten einen Entwurf für einen sehr besorgten Brief zusammen, direkt an Herrn Palme gerichtet und zugleich mit seiner Absendung zur Veröffentlichung bestimmt. Wenn ich mich recht erinnere, übernahm es P. O., Böll für unsere Sache zu gewinnen, und ich eilte eines Morgens hinaus in die Stadt, um mit Enzensberger, Johnson und Frisch zu sprechen.

Hans Magnus las meinen Text mit kurzsichtigen Augen beim Morgenkaffee, las noch einmal von vorn, seufzte und sagte:

– Ja, Lars, Deutsch ist keine leichte Sprache. Im Prinzip

bin ich einverstanden, aber wir müssen das hier wohl ins Deutsche umschreiben.

Was er unverzüglich tat. Ich eilte nach Hause an die Schreibmaschine und tippte alles in Höchstgeschwindigkeit ab, schließlich war es sehr eilig, den Text von allen vier Genies unterschrieben zu bekommen und in Stockholm zu veröffentlichen.

Pünktlich komme ich bei Uwe Johnson an, der, an seiner Pfeife ziehend und den Morgenkognak in der Hand, sorgfältig die Zeilen studiert.

– Ja, Lars, sagt Uwe, das unterschreibe ich. Dein Deutsch kann sich allmählich sehen lassen, aber du machst immer noch eine Menge sprachlicher Fehler, und die können wir in diesem Zusammenhang nicht gebrauchen.

Neuerliches Umschreiben und in letzter Minute vor Max Frischs Mittagsspaziergang stehe ich im Flur in der Sarrazinstraße.

– Ja, das finde ich empörend, ich will gern unterschreiben, aber ich muß sagen, dein Deutsch läßt zu wünschen übrig. Wenn du gestattest, werde ich versuchen, die schlimmsten Patzer auszubügeln.

Neuer Füllfederhalter, neue Attacke, vor allem gegen Uwe Johnsons Verbesserungen.

Als uns alle vier Unterschriften sicher waren, ging das unterzeichnete Originalschreiben an Olof Palme. Er mag sich später den Kopf zerbrochen haben, warum die Version, die er bekam, kleine, aber deutliche Abweichungen von jener zeigte, die an die Presse ging, denn es war unser ursprüngliches Exemplar, das Enquist in Stockholm veröffentlichte, oder besser gesagt, zu veröffentlichen versuchte, sobald er wußte, daß uns die Unterschriften sicher waren.

Die schwedische Presseagentur TT weigerte sich nämlich, den Text zu publizieren, »da er von keiner Behörde oder Reichsorganisation stammte«, und hätten wir nicht beide einen guten Draht zum Feuilleton des *Expressen* gehabt, hätten wir ihn überhaupt nicht veröffentlicht bekommen. Als der offene Brief erst im *Expressen* stand, gab es natürlich einen beträchtlichen Aufruhr, und sogar TT war gezwungen, seine Existenz anzuerkennen, obwohl er von keiner Reichsorganisation stammte.

Die sozialdemokratische Provinzpresse in Schweden, die sich meines Wissens noch nie durch größere Raffinesse hervorgetan hat, schrieb in mehreren Leitartikeln, alte deutsche Nazis wie Heinrich Böll und Max Frisch sollten sich wirklich davor hüten, sich in einem demokratischen Musterland wie Schweden über Meinungsfreiheit zu äußern.

Nach meiner Erinnerung war mein Freund Max höchst amüsiert, als ich ihm am Telefon von diesen Reaktionen berichtete. Als Schweizer und Verfasser von *Biedermann und die Brandstifter* war er ja sozusagen aus dem Schneider. Die anderen Herren erfuhren nie von dieser Schmach.

Es half nicht die Spur. Bratt und Guillou kamen trotzdem ins Gefängnis, und Die Partei setzte ihre geheime Tätigkeit fort, als wäre im großen und ganzen nichts passiert.

Doch in jenem Herbst, 1973, wurde dennoch der Grundstein für die schmerzhafte Wahlniederlage der Sozialdemokraten im Jahr 1991 gelegt. Denn eine Moral wurde sichtbar.

Aber es ist traurig, daran zu denken, daß von den vier großen Schriftstellern, die an jenem Herbsttag, bereitwillig und großzügig und als wäre es eine Selbstverständlichkeit, zwei total unbekannten jungen schwedischen

Journalisten zu Hilfe kamen und sich außerdem gern als Grammatikmagister für mich und füreinander zur Verfügung stellten, nur noch Enzensberger übrig ist.

Ich habe alle Entwürfe aufgehoben, mit allen gegenseitigen Strichen und Verbesserungen der Herren, und ich werde dafür sorgen, daß sie vor meinem Tod in die Handschriftensammlung der Carolina Rediviva wandern.

Es müßte doch mit dem Teufel zugehen, wenn damit nicht jemand seinen Doktor machen könnte.

Viele herbstliche Abende in Deutschland

Kürzlich hatten wir ein kleines Faculty Poetry Reading an der University of Texas. Anwesend waren ungefähr vierzig Personen. Christopher Middleton las zusammen mit dem Verfasser dieser Zeilen und einem angenehmen schwedischen Lyriker, Christian Stannow, der zur Zeit Gastdozent am Institut ist. Ich habe in meinem Leben bestimmt bei Hunderten von Lesungen mitgewirkt. Während ich dasitze und Middletons wunderbarem Oxfordenglisch zuhöre, geht mir plötzlich auf, wie zum erstenmal, warum Menschen Literaturlesungen besuchen, ja, sogar dafür bezahlen. Die Stimme ist es! Auf alles andere können wir verzichten, auf alles andere verzichten wir gern. Doch die Stimme des Dichters ist durch nichts zu ersetzen. Denn lesen heißt immer, diese Stimme neu erschaffen. Wir verkehren mit Lebenden und Toten, indem wir sie nachahmen! Bei den Toten bleibt uns nichts anderes übrig. Doch bei den Lebenden bleibt uns noch eine Chance.

Viele Länder bieten Gelegenheit für Autorenlesungen. Der wirklich Emsige könnte mit einem Buch in der Hand seinen Weg durch die Welt machen.

Doch sie sehen ganz verschieden aus. In den USA liest man gewöhnlich an Universitäten; wenn man sehr berühmt ist, in großen schönen Räumen; wenn man weniger berühmt ist, im Konferenzsaal eines Instituts. Literatur war in den USA nie eine öffentliche Angelegenheit in dem

Sinn wie Fernsehen oder Baseball. Sie ist dort nie eine nationale Institution gewesen wie in Frankreich oder Deutschland. Es gibt unterschiedliche literarische Kulturen, und charakteristisch für sie ist ihr unterschiedliches Publikum. Eine afrikanische Romanautorin aus Houston und eine weiße Lyrikerin aus Cape Cod können beide ein großes Publikum haben oder ein kleines, aber sie können sicher sein, daß es jeweils ein völlig anderes Publikum ist. Ein wirklich großes Publikum hat nur jemand, der sich auf andere Art als durch die Literatur einen Namen gemacht hat. Es gibt auch Leseforen mit hohem Prestige, wie das 92 Street Y in New York, dessen Lesereihen den Charakter von Abonnementskonzerten haben, schon Monate im voraus von den Besuchern im Kalender vorgemerkt.

In Schweden habe ich schon ziemlich lange nicht mehr gelesen. Autorenlesungen haben in diesem Land keine wirkliche Tradition. In Schweden erwartet man von einem Autor, der zu Gast ist, daß er einen Vortrag hält. Das ist sozusagen ökonomischer. In den sechziger Jahren las man in Schweden gewöhnlich in Galerien, wenn ich mich recht erinnere. In den siebziger Jahren waren es die sogenannten Humanistischen Verbände in verschiedenen Kleinstädten, die mich einluden, ein intelligenter und wohlmeinender Kreis, meistens bestehend aus den Lehrern, Ärzten und Anwälten des Ortes. In den sozialistischen siebziger Jahren wurde das Lesen in Schweden immer mehr zu einer kollektivierten Angelegenheit. Kulturbehörden stellten Schulen und Gefängnissen Geld zur Verfügung, um Schriftsteller einzuladen, aus ihren Werken zu lesen. Organisiert wurden die Einladungen vom Schriftstellerverband. Da ich nie in Schulen oder Gefängnissen lese (Schüler sind nicht reif genug für meine Texte, sie können einfach nicht stillsitzen, und sie wehrlosen Gefangenen aufzuzwingen, die zur Lesung abkommandiert wurden, streitet gegen meine moralischen Prinzipien), verlor ich irgendwann in den Siebzigern total den Kontakt mit diesem Arbeitsfeld. Bedauert habe ich das nie. Wenn Menschen mir zuhören, soll es freiwillig geschehen und nicht auf Kommando.

Schweden kennt natürlich Lesungen in Buchhandlungen, aber nichts, was der richtigen deutschen Buchhandlungslesung ebenbürtig wäre. Das ist eine Kulturtradition, durchaus vergleichbar dem Opernhaus oder dem Abonnementskonzert. Sie schafft Intimität und Kontakt zwischen der Literatur und ihren Lesern. Jedes Jahr im Oktober verwandelt sich die deutsche Qualitätsbuchhandlung in eine helle freundliche Höhle im Herbstdunkel. Stühle werden hereingeschleppt, Mikros installiert. Schriftsteller werden, ein bißchen bleich und müde von der Reise, vom Bahnhof abgeholt und zum Duschen ins Hotelzimmer gebracht, um bald darauf an einem Tisch zu sitzen, Auge in Auge mit ihrem Publikum. In der deutschen Bücherwelt entscheidet sich nicht selten hier, wie es einem Buch ergehen wird. Es ist keine geringe Belastung für das Personal einer feinen deutschen Buchhandlung, denn am Höhepunkt der Saison kommt manchmal jede Woche ein neuer Schriftsteller, um sein Werk vorzustellen. Im Herbst 94 hatte beispielsweise die Buchhandlung Eckart Cordes in Kiel, wie ich in einem alten Programm sehe, zehn Autorenlesungen zwischen dem 21. September und dem 1. Dezember. Da sind viele Stühle zu schleppen, ganz zu schweigen von all den Essen, die zu absolvieren sind. Es ist aber auch keine leichte Sache, herumzureisen und zu lesen.

Ein paar Wochen auf Lesetournee in Deutschland, das

bedeutet eigentlich ein paar Wochen ohne Freizeit, denn tagsüber ist man auf Reisen und abends in der Buchhandlung, und nach der Lesung ein Stündchen in der Kneipe. Als Uwe Johnson 1970 den ersten Band der *Jahrestage* veröffentlichte, hatte er, laut Bernd Neumanns sehr detaillierter Biographie, nicht weniger als vierzig Lesungen in verschiedenen deutschen Städten. 1983, als Uwe Johnson *Jahrestage* abgeschlossen hatte, versuchte er ein ebenso gigantisches Programm durchzuziehen, landete jedoch mittendrin mit Fieber und Bronchitis in einem Krankenhaus in Berlin. Die physischen Kräfte reichten einfach nicht aus.

Ich glaube, meine längste Tournee umfaßte nicht mehr als fünfzehn oder sechzehn Lesungen, aber schon das ist ausreichend, um den Vortragsreisenden ernstlich auf die Probe zu stellen. Schließlich möchte man seinem Publikum von der ersten bis zur letzten Lesung höchste Qualität bieten.

Gewöhnlich versuche ich, wenn es eine längere Erzählung ist, die ich dabeihabe, an jedem Ort ein neues Kapitel zu lesen. Nicht selten lese ich die Kapitel genau in der Reihenfolge, in der sie geschrieben sind, was meine Zuhörer nicht klüger macht, bei mir selbst aber eine Art von innerer Ordnung schafft, die ich brauche. Die Zuhörer sind jeweils verschieden und reagieren auf überraschend unterschiedliche Weisen. Sie sind nicht sozial oder geographisch vorhersagbar. Ein Publikum in der Buchhandlung van Ahlen in Recklinghausen im zentralen Ruhrgebiet kann sich als überaus akademisch erweisen und ein Publikum in Göttingen eher entspannt und zum Lachen aufgelegt. Ich habe Buchhandlungen, in denen fühle ich mich fast als Freund der Familie, sowohl beim Chef wie beim

Personal. Cordes in Kiel, Weiland in Lübeck, Weiss in Heidelberg, die Georgsbuchhandlung in Hannover – nach mehreren Jahrzehnten wiederkehrender Besuche –, und es gibt immer neue spannende Milieus zu besuchen, zuletzt war es Leipzig.

Die Strapazen können erheblich sein; D-Züge, die Verspätung haben, so daß man das Abendessen in Form eines Sandwichs im Taxi zur Buchhandlung einnehmen muß. Deutsche kleine Hotels mit fürchterlich steilen Treppen, um die im Lauf der Lesereise immer schwerere Büchertasche die Stufen hinaufzuschleppen. Manchmal sind diese Hotels so klein, daß man das Gepäck nur mühsam durch die Biegungen des Korridors zwängen kann. Herren und Damen, die auf Interviews bestehen, wenn man gerade hungrig und müde nach einem langen Tag im Zug in seinem Hotel ankommt. Was ich in meiner Erzählung »Die vier Eisenbahnen von Iserlohn« schildere, nämlich in die falsche Stadt zu fahren und neue, spannende Bekanntschaften zu machen, ist mir allerdings bisher noch nicht passiert. Es hätte aber passieren können.

Eine Eigentümlichkeit dieser Reisen ist, daß sie Perioden im eigenen Leben darstellen, in denen es überhaupt kein Privatleben gibt, oder fast keins. Man verbringt ja die Tage im Zug oder Flugzeug und die Abende mit einer Art öffentlicher Selbstbetrachtung. Das ist ein sonderbarer Zustand. Er erinnert ein wenig an die Situation einer Person, die gerade eine gute Videokamera gekauft hat. Er oder sie lebt nur die Hälfte der Zeit, denn die andere Hälfte geht dafür drauf, das schon Erlebte abzuspielen. Andererseits lernt man eine ganze Menge über seine eigenen Texte, wenn man so viel Zeit damit verbringt, sie durchzulesen. Nicht zuletzt, was man hätte besser machen können. Man sieht, hier hätte man etwas ausbauen können, dort etwas weglassen. Das Handwerk tritt offen zutage. Mit seinen guten und schlechten Seiten.

Für die Buchhändler erfüllen diese Lesungen natürlich mehrere legitime Bedürfnisse. Aber für den Schriftsteller sind sie vor allem deshalb bedeutsam, weil sie dem Publikum, dem sonst immer abwesenden (und doch auf eine paradoxe Art anwesenden) literarischen Publikum, plötzlich ein menschliches Gesicht geben. Auf die Dauer ist es, glaube ich, ganz unmöglich, auf eine Weise zu schreiben, daß es irgendeinen Menschen ernstlich interessiert, wenn man nicht irgendwie diesen Menschen oder diese Menschen vor sich sieht. Dieser andere Mensch ist natürlich in hohem Grad eine Verallgemeinerung von einem selbst. Es kann eine schöne Studentin sein oder ein grimmiger alter englischer *fellow* im King's College, oder beide auf einmal. Aber jemand muß es sein. Irgendeine Art von Existenz muß man als gegeben annehmen da draußen in der Dunkelheit. (Kritiker und Verleger sind für diese subtilen Zwecke total ungeeignet.)

Wenn der Abend kommt in dieser deutschen Buchhandlung, sei es bei Herrn Rönick in Heidelberg oder bei Herrn Cordes in Kiel, die Stühle scharren und das Mikro aufgestellt wird, bekommen diese anonymen Leser eine Wirklichkeit.

Die Zuhörer sind eine Mischung aus alt und jung. Es gibt Neulinge und solche, die schon früher dabei waren. Es kann ein sehr familiäres Gefühl sein. Es gibt bei meinen deutschen Lesungen Gesichter, die ich seit Jahrzehnten kenne. Viele wahre Freundschaften, die ich im Lauf der Jahre gepflegt habe, beispielsweise mit dem fabelhaften Chirurgieprofessor Jürgen Durst und seiner Frau Brigitte in Lübeck, haben in der Buchhandlung angefangen. Ich gehöre wohl zu den Schriftstellern, die mit Fragestunden nach der Lesung ziemlich großzügig sind. Man sollte annehmen, nach einer Reise von etwa zwei Wochen, auf der man außerdem immer aus demselben Buch gelesen hat, würden die Fragen einander allmählich gleichen, doch das ist nicht der Fall. Sie sind erstaunlich unterschiedlich. Ein Leser möchte wissen, ob ich vormittags schreibe oder nachmittags, ein zweiter, warum ich zu Onkel Knutte so gemein war, und ein dritter, ob der Fliesenleger Bergman ein Selbstporträt war.

Herumzureisen und aus einem Buch zu lesen führt einen eigentümlich tief in eine Gesellschaft hinein. Mein Vater Einar, der einen ziemlich großen Teil seines Lebens Vertreter für Staubsauger war, hat oft gesagt, er habe ein besseres Bild vom Zustand in verschiedenen kleinen västmanländischen Orten als irgendein Politiker. Schließlich sei er bei den meisten Leuten zu Hause gewesen. Das bin ich nicht, aber ich habe mit vielen Leuten bei einem Glas Wein an einem Tisch gesessen. Man erfährt, was die Menschen denken, und auch, was ihre tiefsten Kümmernisse sind. Ein Schriftsteller auf Durchreise ist ein nahezu idealer Beichtvater.

Meine Geschichte von den Eisenbahnen von Iserlohn (sie steht in den *Erzählungen von glücklichen Menschen*) ist, wie gesagt, erfunden, aber sie enthält ziemlich viel Wahrheit. Eine oder mehrere von den Hauptfiguren existieren tatsächlich.

Wie liest man? So einfach und klar wie möglich. Manchmal liest man gegen eine ungünstige Akustik an, manchmal unter idealen Bedingungen. Unter den einen wie den anderen Bedingungen hat man selbstverständlich die

Schuldigkeit, so zu lesen, daß jedes Wort ankommt. Es gibt einen Unterschied, der wirklich interessant ist, zwischen dem Lesen in der eigenen Sprache und dem Lesen aus einer Übersetzung. Alles Lesen ist ja eigentlich die Imitation einer Stimme, nämlich der des Verfassers. Und wenn der Verfasser aus seinem eigenen Text liest, kann man ja tatsächlich sagen, die Stimme, die er imitiert, ist seine eigene. Eine Übersetzung, auch die beste, und mit den Übersetzern in Deutschland habe ich wirklich Glück gehabt – diejenige, die diese Zeilen übersetzt, hat oft eine größere stilistische Begabung als ich –, ist ja ebenfalls eine Art Imitation. Das Bemerkenswerte ist dann, daß man eine Imitation seines eigenen Textes liest, die ihrerseits eine Imitation der eigenen Stimme ist. Manchmal entsteht das eigentümliche Gefühl, eine unendlich dünne gläserne Scheibe liege zwischen einem selbst und dem Text. Und auf diesem hauchdünnen Eis schlittert man entlang, so gut es geht. Ich gehöre zu denen, die nicht bezweifeln, daß Sprache imstande ist, Erfahrung zu kommunizieren.

Der Gott der Blamage ist kein gewöhnlicher Gott

Das menschliche Gehirn vermischt in seiner Arbeitsweise Triviales und Exzentrisches miteinander. Mein Zahnarzt, Dr. Nanney, bemerkte kürzlich, ihm sei noch kein Patient untergekommen, den es nicht an der Nasenwurzel juckte, wenn man seine Schneidezähne berührt. Andere Eigenheiten sind individueller.

Es gibt etwas, das die Psychologen *Objektkonstanz* nennen, oder die Fähigkeit, verschiedene fragmentarische Perzeptionen zu einem Muster zusammenzufügen, in dem diese vermutlich ein und denselben Gegenstand repräsentieren. Für den Jäger ist Objektkonstanz wichtig. Weil unsere Vorfahren bedeutend länger Jäger waren als Bauern, können wir möglicherweise mit solcher Leichtigkeit einen Satelliten erkennen, der sich in der Dämmerung über einen scheinbar stationären Sternenhimmel bewegt.

Aus irgendwelchen Gründen hat derjenige, der diese Zeilen schreibt, schon seit jeher Probleme mit der Objektkonstanz. Ich habe große Schwierigkeiten, Menschen wiederzuerkennen. Oder besser gesagt: ich erkenne sie durchaus, aber ich *verbinde* das Erkannte nicht mit ein und derselben Person. Ich bin überzeugt, das hängt irgendwie mit Eigentümlichkeiten meines Gehirns zusammen. Ich erkenne nicht einmal meinen Mantel in einer Garderobe, sondern muß ihn an eine bestimmte Stelle hängen, an einen numerierten Haken, den ich mir merken kann. Ich weiß nicht, wie oft ich in meinem Leben schon Mäntel vertauscht habe.

An einem strahlenden und sehr warmen Frühsommertag 1973 aß ich beispielsweise in Wien in der Nähe des Stephansdoms mit einem vortrefflichen österreichischen Gelehrten und Schriftsteller namens Reinhard Urbach zu Mittag. Der hervorragende Herr Urbach hatte bei dieser Gelegenheit irgend etwas mit dem Literarischen Verein in Wien zu tun, in dem ich an diesem Abend lesen sollte. Wir nahmen ein herzhaftes, aber durchaus nicht maßloses Mittagessen ein. Das muß vielleicht vorher gesagt werden.

Bei diesem Mittagessen erzählt Herr Urbach sehr anschaulich von einem gelehrten Buch über Nestroy und andere volkstümliche Dramatiker, das er kürzlich veröffentlicht hat. *Die Wiener Komödie und ihr Publikum* heißt es. Wir kommen auf andere Themen zu sprechen und gehen nach einer Weile hinaus auf die Straße, wo wir vor einem riesigen Bücherschaufenster stehenbleiben, dekoriert mit sämtlichen Neuerscheinungen dieses Frühjahrs.

– Aber sehen Sie doch, Herr Urbach, sage ich. Hier liegt auch ein Buch mit dem Titel *Die Wiener Komödie und ihr Publikum*. Und der Verfasser ist ein Reinhard Urbach! Ist das nicht ein sehr sonderbarer Zufall?

Ich weiß nicht mehr, wie Reinhard Urbach reagiert hat. Hingegen weiß ich, wie Claes Hylinger an einem Abend in den sechziger Jahren reagierte, als ich vorschlug, er solle mit einem gewissen Claes Hylinger Kontakt aufnehmen, um das damals hochaktuelle absurde Theater zu diskutieren. (Ich hatte nämlich am Morgen desselben Tages ein Gespräch mit demselben Claes Hylinger über dasselbe Thema geführt und ihn ebenso enthusiastisch wie gut informiert gefunden.) Claes Hylinger rannte hinaus in die Herrentoilette, um im Spiegel nachzuprüfen, ob sein Gesicht in den letzten Stunden irgendwelche dramatischen

Veränderungen erfahren habe. Er erzählt in einem Erinnerungsbuch davon.

Nicht alle Blamagen kommen von innen. Einige werden uns von einer stets aufs neue erfinderischen Außenwelt aufgedrängt.

Die Geschichte mit dem Schweinskopf und der verschwundenen Modellsprache gehört zu den denkwürdigen. Im Herbst 1978 arbeitete ich an einem meiner wenigen philosophischen Bücher mit dem Titel *Sprache und Lüge*. Der Logiker und Uppsalaprofessor Stig Kanger, der eine frühe Fassung gelesen hatte, war der Ansicht (weshalb, habe ich nie begriffen), dieses Buch solle mit einer modallogischen Modellsprache geschmückt werden. Nichts ist so eigentümlich wie die Ratschläge, die man bekommt, wenn man anderen Menschen seine Manuskripte zeigt. Ich erklärte ihm, modallogische Modellsprachen, obwohl sicherlich sehr interessant, lägen nicht gerade auf meinem Weg. Außerdem sei eine modelltheoretische Annäherung an den Begriff »sprachlicher Sinn« meinem ganzen Unternehmen ziemlich fremd, das tatsächlich eine Kritik an Tarskis Sinntheorie enthielt. Doch der freundliche Kanger erbot sich sofort mit dem für ihn typischen Enthusiasmus, mir zu zeigen, wie man eine vortreffliche Modellsprache konstruiert.

Kanger, der mittlerweile leider tot ist, war ein wirklich hervorragender Modallogiker. Wie beispielsweise *The Encyclopedia of Philosophy* in ihrem Artikel über dieses Thema erwähnt, antizipierte er Kripkes zentrale Gedanken dazu, wie modale Paradoxe zu lösen sind. Er lud mich ein, ihn auf dem Land zu besuchen. Er habe ein Sommerhaus in der Gegend von Vetlanda in Småland, und da ich ohnehin auf dem Weg nach Berlin sei, könne ich doch leicht aus dem Zug steigen und ein Wochenende bei ihm verbringen. Ich fuhr durch einen zunehmenden Schneesturm. Die Abendzeitungen verhießen nichts Gutes, sie kündigten noch mehr Schnee an. Außerdem war genau in dieser Gegend ein schrecklicher Frauenmord passiert, und die Polizei jagte den Mörder, unter anderem mit Hilfe von Straßensperren.

Es war ein sehr kalter und schneereicher Februar. Ich war gerade von einem einmonatigen Aufenthalt in China heimgekehrt, und der Zeitunterschied machte mir noch zu schaffen, das Gefühl der Unwirklichkeit, das charakteristisch ist für diesen Zustand.

Als der Zug schließlich in Schneetreiben und Dunkelheit am Bahnhof von Vetlanda abbremste, befand sich auf dem Bahnsteig ein einziger Mensch, nämlich der große Logiker Professor Stig Kanger, dick vermummt in Wintermantel, Wollmütze und Schal. Er empfing mich mit einem warmen Lächeln und mahnte mich zur Eile.

– Wir müssen zum Spirituosenladen, bevor er zumacht.

Als wir nach etlichen Meilen auf schlechtgeräumten ländlichen Straßen seine holzgeheizte kleine Waldkate erreichten, wurde mir klar, daß ein paar Flaschen mit starken Getränken genau das waren, was man an diesem Ort brauchte.

Mein bescheidenes Gepäck hatte ich in den Kofferraum gelegt und dabei zu meinem Erstaunen zwei riesige schwarze Plastiksäcke entdeckt, die anscheinend steifgefrorene, schwere Körper enthielten.

– Ach so, sagte Stig. Du fragst dich, wer *die da* sind?

Er schob das Plastik ein wenig zur Seite, und ein prachtvoller Schweinskopf erschien.

– Ich habe nämlich dem Bauern ein kleines Waldstück verkauft. Und er zahlt hin und wieder etwas ab, wenn er kann. Mit Schweinen. Du hilfst mir doch beim Zerstükkeln, während wir über die Modelltheorie sprechen?

– Klar.

Solche Geschäfte sind, nach wie vor, ziemlich üblich im Hochsteuerland Schweden.

Es folgten zwei denkwürdige Tage. Eingeschlossen in einen Stubenrauch, der zeitweilig in die Augen biß, ausgerüstet mit langen Messern und Beilen, zerstückelten, zermahlten, konservierten wir Stigs zwei Schweine und froren sie ein. Es war ein ziemlich harter Job und paradoxerweise sehr kalt.

Wir zerstückelten und zerteilten, vollständig parallel, zwei Schweine und eine formalisierte Modellsprache. Und wenn es an den Fingern zu kalt wurde und die Zehen abzusterben drohten, kippten wir einen Schnaps oder zwei. Teilweise waren unsere Diskussionen sehr fruchtbar. Ich glaube, noch nie habe ich so viel interessante Logik in so kurzer Zeit gelernt. Und obendrein eine ganze Menge über das Metzgerhandwerk.

Mir war ein eigenes kleines Gästehaus zugeteilt, elektrisch beheizt, und jeden Abend wankte ich durch den Schnee dorthin. Das Problem war nur, daß die Elektroheizung Tausende von Fliegen aus dem Winterschlaf weckte, deren eigentümlich hartnäckiges Summen mich nachts lange wachhielt. Es war plötzlich leicht zu verstehen, warum Die Alten einen ihrer Dämonen Beelzebub nannten, oder richtig geschrieben: Baal-ve-Zvuvim, das heißt Herr der Fliegen. Dieser Aufenthalt wurde allmählich etwas anstrengend.

Nach zwei Tagen fuhr mich mein freundlicher Gastgeber zum Bahnhof. Draußen auf dem Bahnsteig, in dem noch immer wirbelnden Neuschnee, überreichte er mir eine sehr schwere Plastiktüte und sagte, das sei ein kleines Geschenk, als Dank für all meine vielfältige Mühe. Ich hatte keine Gelegenheit, das Geschenk in Augenschein zu nehmen, bevor der Zug abfuhr. Und dann entdeckte ich zu meiner Verwirrung, daß Professor Kanger mir den größten und schwersten von seinen Schweinsköpfen geschenkt hatte. Er glotzte mich dumm mit weit offenen, etwas blutunterlaufenen Augen an.

Die Situation war ein bißchen prekär. Ich war unterwegs nach Berlin, nicht in das heutige, leicht zu erreichende, sondern in die politische Enklave von damals, umgeben von Mauern und vielfachen Minengürteln, mit rigorosen Zollkontrollen durch uniformierte Finsterlinge im Dienst des mörderischen ostdeutschen Grenzschutzes. Meine Lust, diese Grenzkontrollen – sie filzten normalerweise mein gesamtes Gepäck auf der Jagd nach verbotener Literatur und waren durchaus in der Lage, sich auf eine Nietzsche-Ausgabe zu stürzen – ungeschoren mit einem riesigen Schweinskopf zu passieren, war minimal. In Hässleholm, bei einem längeren Aufenthalt, schaffte ich es, eine Telefonzelle zu erreichen, von der aus ich einen der hilfsbereitesten und anständigsten Menschen von Lund alarmierte, den Konrektor und Religionsphilosophen Hampus Lyttkens, der – ohne viel zu fragen oder zu zögern – seine Tochter, die Physikerin Jacquette Lyttkens, an die Bahn schickte, um mir diese allzu schwere Bürde abzunehmen. Jacquette, rosenwangig und munter wie immer, holte das Vieh am Bahnhof von Lund ab und steckte es in ihre Tiefkühltruhe. Und mit unbeschreiblicher Erleichterung setzte ich meine Reise nach Berlin fort, zu einer Lesung in der Autorenbuchhandlung in der Carmerstraße.

Der Kluge fragt sich natürlich, warum in Gottes Namen ich eine so komplizierte Methode gewählt habe. Warum das Ungetüm nicht einfach im Zug vergessen oder es auf dem Bahnhof in den nächsten Papierkorb stecken? Darin zeigt sich allerdings, daß der Kluge nicht zu meiner Generation gehört. Für uns, die wir mit dem nagenden Hunger und den strengen Lebensmittelrationierungen der vierziger Jahre in Schweden aufgewachsen sind, gehört das einfach zu den Dingen, die man nicht tut. Man spielt nicht mit dem Essen, und man wirft kein Essen weg, das ist etwas, was mir ab dem Alter von fünf Jahren mit Gebrüll und Ohrfeigen beigebracht wurde. Was man nicht selber aufessen kann, dafür hat immer noch jemand anders Verwendung.

Die Blamage bestand nicht in etwas von dieser Art. Sondern darin, daß ich dummerweise der Familie Lyttkens den Schweinskopf nicht geschenkt hatte. Ich selbst verdrängte das alles in dem Moment, in dem ich in der Autorenbuchhandlung den Blick hob, um mein Publikum zu betrachten. Dieser Schweinskopf existierte nicht mehr.

Doch die unendlich treue Familie Lyttkens in Lund bewahrte ihn auf. Diskret und zuverlässig wie eine Schweizer Privatbank. Ungefähr fünf Jahre lang, bis Jacquette vom Obergeschoß des elterlichen Hauses in eine größere Wohnung umzog. Möglicherweise hatte auch sie vergessen, was sich in der Tiefe der Kühltruhe verbarg.

Ich traf diese Personen nach vielen Jahren und Reisen bei einem fünfzigsten Geburtstag in Lund wieder. Da war es spät auf Erden, im Mai 1986. Sie erzählten, der Schweinskopf sei ihnen schließlich zu sehr zur Last gefallen, und sie hätten ihn in diskreter Form in den Mülleimer gesteckt.

Als die deutsche Ausgabe von *Sprache und Lüge* fertiggestellt wurde, fragte mich ein Fachbuchlektor ehrerbietig, doch leicht verwundert, was in Gottes Namen der Schweinskopf in meinem Räsonnement zu suchen habe. Darauf konnte ich damals, einige Jahre später, keine rationale Antwort geben. Genaugenommen war es so: die Modellsprache hatte in *Sprache und Lüge* keine wirkliche Aufgabe. Sie war da, weil ich Professor Kanger so gern mochte. Und der Schweinskopf hatte darin erst recht nichts zu suchen. Also entfernten wir auch ihn.

Man könnte sagen, beide traten in dieser Geschichte ungefähr so auf, wie imaginäre Zahlen in einer komplizierten Gleichung auftreten können, um sie rechtzeitig vor der Lösung zu verlassen.

Erzählung aus dem Osten

Diese Geschichte ist ziemlich scheußlich. Aber ich habe immer gedacht, irgendwann muß ich sie erzählen, früher oder später. So gut ich kann. Ich sage: so gut ich kann. Denn das wenige, das ich weiß, ist nur die alleräußerste Oberfläche.

Hier in meinem amerikanischen Haus gibt es hinter der Bibliothek eine alte Kleiderkammer, die vollgestopft ist mit Papier in allen Formaten; die Korrespondenz von dreißig Jahren, Steuererklärungen ab 1960 für die Steuersysteme von drei Ländern, selbstverständlich massenhaft Manuskripte und natürlich das eine oder andere alte Fotoalbum, das die Scheidung und Umzüge zwischen den Kontinenten überlebt hat. Wenn jemand sich Zeit dafür nähme, würde er hier in diesen Stapeln manches kleine Stück der jüngsten Gegenwartsgeschichte aufstöbern. Aber keiner nimmt sich Zeit; die tägliche Arbeit zehrt Zeit und Kräfte auf.

In den sechziger Jahren gab es bestimmte Fotolabors, welche die Abzüge am Rand datierten, daher brauche ich nicht einmal zu alten Tagebüchern und Kalendern zu greifen, um festzustellen, daß die Bilder in dem blauen Album von 1969 sind.

Die Fotoserie, die diese Erzählung illustriert, beginnt mit einigen schönen Frühsommerbildern von Budapest. Die stilvollen alten Hotels auf der Margaretheninsel türmen sich auf der anderen Seite des blauen Wassers der Donau auf. Bilder von der Buchmesse in Budapest, Ende Mai 1969. Eine ganze Straße ist den Büchern gewidmet; und vor einem für diesen Zweck aufgebauten Ausstellungsstand ist eine kleine Familie gruppiert. Sie besteht aus Mutter, Vater und einem aufgeweckten kleinen Jungen mit runden Backen und großen, ernsten Augen. Der Vater ist der damalige Redakteur der Literaturzeitschrift *Nágyvilag*.

Dr. Janos Ebert, ein jüngerer Mann, dessen Haare sich jedoch an den Schläfen schon ein wenig lichten. Seine Frau, Maria Ebert, ist sehr schön mit ihren langen, dunklen Haaren und dem ebenmäßigen Profil, das sie in diesem Moment der Kamera zuwendet. Etwas weiter hinten im Album sieht man Janos und den Jungen, den kleinen Janoschka, Hand in Hand eine alte Straße in Buda entlanggehen, gepflastert mit diesen altertümlichen behauenen Steinen, die es einem Sechsjährigen nicht eben leichtmachen, sich darauf fortzubewegen.

Empfänglich wie ich für so etwas war, da ich damals selbst zu Hause einen Sechsjährigen hatte, sah ich, daß hier die Beziehung zwischen Vater und Sohn sehr gut war. Eigentlich gibt es kaum eine Beziehung zwischen Menschen, die so intim sein kann wie die zwischen einem Vater und einem kleinen Jungen dieses Alters. Ich bin schon immer etwas skeptisch gewesen gegenüber der Romantisierung von erotischen Passionen als Gemeinschaftsstiftern; sie stiften nicht mehr Gemeinschaft, als starke gemeinsame Erlebnisse es normalerweise tun.

Die Beziehung zwischen Vater und Sohn kann dagegen unter Umständen sehr tief sein. Beinahe metaphysisch.

Nach dem nächsten Umblättern im Album sind wir also oben in Buda. Janos Ebert besaß tatsächlich ein kleines Schrebergartenhaus, einfach, aber doch eine Art Sommerhaus, an einem der Hänge hinunter zur Donau. Hier sitzen wir in viel zu hohem Gras, die Familie Ebert und ich, in rasch herausgestellten Korbsesseln, und trinken Wein. Janos besaß nicht nur ein Sommerhäuschen – wenngleich winzig und bescheiden –, sondern auch ein eigenes kleines Auto. Es ist auf den Bildern nicht zu sehen, also kann ich auch nicht mehr sagen, welche Marke es war, aber hier ist ein Bild vom großen Balatonsee mit seinem milchigen, eigentümlich weißen Wasser. Wir machten dort Rast und schwammen eine Runde, und dann besuchten wir den alten Meister Tibor Déry in seinem frühsommerlich lieblichen Garten in Balatonfüred, er ist auch auf einem Foto zu sehen.

Es waren rundherum angenehme Tage. Und ich verließ Budapest in dem Gefühl, ich hätte mit dieser kleinen Familie wirklich Freundschaft geschlossen. Mir gefiel Janos Ebert, mit seinem Humor, seinem freundschaftlichen Interesse, der Aufrichtigkeit, mit der er sowohl über politische wie persönliche Probleme sprach. Wir hatten ja einiges gemeinsam. Ich war in jenem Frühjahr noch Chefredakteur von *Bonniers Litterära Magasin* und Janos Ebert von *Nágyvilag*. Also waren wir Kollegen. Mit dem Unterschied allerdings, daß der Redakteur von *Nágyvilag* sehr viel mächtiger war als der von *BLM*. Bei der öffentlichen Stellung dieser Zeitschrift damals, im Jahr 1969, konnte sie eine literarische Existenz, eine Schriftstellerkarriere, innerhalb von Ungarns Grenzen ermöglichen oder zunichte machen. Daß eine so feine Person wie der Redakteur von *Nágyvilag* ein ganzes Wochenende und mehr darauf verwendete, mit mir umzugehen, hat mir natürlich gewaltig geschmeichelt. Wie war Janos Ebert Redakteur von *Nágyvilag* geworden? Ich wußte, daß er einen akademischen Hintergrund hatte. Ich kann mich nicht erinnern, ob sein Gebiet die deutsche Literatur war oder die russische. Daß er das Russische beherrschte, ist klar, denn einige Jahre später war er Breschnews persönlicher Dolmetscher bei dessen Besuch in Ungarn. Auf jeden Fall ist er mehrere Jahre lang Gastprofessor gewesen – ausgerechnet in Zagreb. Und hat also einmal in der Woche den Nachtzug zwischen Zagreb und Budapest genommen.

»Blieb Ihnen überhaupt Zeit genug, um sich einen Pyjama anzuziehen?« hatte ihn ein englischer Kollege gefragt, wie Janos scherzhaft berichtete.

Ein englischer Kollege, der natürlich keine Ahnung hatte, wie ungeheuer langsam die Züge – asthmatisch, immer mit Dampfbetrieb – damals fuhren. Überall im russischen Imperium, von Ostdeutschland bis Moskau.

Das Ganze hatte wohl etwas früher in diesem Frühjahr im Stockholmer PEN angefangen. Die ungarische Schriftstellerin Magda Szabó, die ich äußerst charmant fand, war zu Besuch gewesen.

Wir hatten über alles mögliche geredet und waren zu dem Schluß gekommen, daß ich eine Einladung nach Ungarn bekommen sollte, um die literarische Situation dort kennenzulernen. Ein Jahr nach dem August 1968, mit der brutalen Niederschlagung der tschechoslowakischen Revolution. Eine Tatsache, die wir beide zutiefst bedauerten. Die Situation in Ungarn wurde anders eingeschätzt als die in der Tschechoslowakei. Aber über Ungarn zu schreiben wäre sicher gut. Daran zu erinnern, daß es Ungarn gab, konnte in der derzeitigen Lage nicht schaden.

Wenn ich mich recht erinnere, kam die Einladung schon zehn Tage später, sozusagen postwendend. Entweder hatte Magda Szabó sehr einflußreiche Freunde, oder man war in Budapest äußerst bedacht darauf, daß zu diesem Zeitpunkt über Ungarn geschrieben wurde.

Man tat alles, um mir die Reise zu erleichtern. Sogar einen Termin für ein Interview mit dem großen Georg Lukács hat man für mich arrangiert.

Über Janos Ebert habe ich einige Jahre später freundschaftlich, aber etwas scherzhaft geschrieben. Am Ende des ersten Kapitels in meinem Roman *Herr Gustafsson persönlich*. Die Absicht war sehr freundlich, aber ich hatte lange ein schlechtes Gewissen, weil ich eine kleine Eigentümlichkeit seines Aussehens ins Zentrum gerückt habe. Die beiden oberen Schneidezähne standen nämlich auf eine Weise vor, die es als ein Rätsel erscheinen ließ, wie dieser Mann es anstellte, ein Butterbrot zu essen.

Im nachhinein mißbillige ich es, daß ich so über einen Freund geschrieben habe. Es geriet ein bißchen in die Nähe der Krüppelwitze.

Die Jahre vergingen. Hin und wieder bekam ich Besuch von freundlichen Menschen in der Redaktion, und später, als ich nicht mehr *BLM*-Redakteur war, zu Hause in meinem Arbeitszimmer in der Blåsbogatan in Västerås, die mich von der Familie Ebert in Budapest grüßen sollten. Es schien ihnen gutzugehen. Einer wußte zu berichten, daß Janos' Zähne nicht mehr nach vorn zeigten. Ein Zahnchirurg hatte sie gerichtet. Ein anderer konnte – wie gesagt – erzählen, daß meinem alten Freund die große Ehre zuteil geworden war, Dolmetscher für Breschnew zu werden, den letzten richtigen Diktator der Sowjetunion, ein grausamer und korrupter Typ und außerdem vermutlich ziemlich dumm. Der Urheber des Kriegs in Afghanistan. Ich brachte aber deshalb nicht meinen alten Freund Janos Ebert mit Breschnew in Verbindung. Vermutlich wäre es schwierig gewesen, einen solchen Auftrag abzulehnen, dachte ich.

Es verging noch mehr Zeit. Ich schickte noch mitunter

einen freundlichen Gedanken zu meinem alten Freund Janos Ebert, seiner wunderbaren Frau Maria und dem Janoschka, der jetzt ein ziemlich großer Junge sein mußte.

Aber geschrieben habe ich ihm nie, ich hatte in jenen Jahren viel zuviel anderes zu schreiben. Genau wie jetzt.

Im April 1989 veranstaltete ein ganz anderer meiner Freunde, nämlich Lord Weidenfeld, in Zusammenarbeit mit der angenehm vermögenden Ann Getty, eine literarische Konferenz in Lissabon. Und am Mittagstisch komme ich am ersten Tag neben einem erheblich jüngeren ungarischen Schriftsteller zu sitzen, Peter Esterházy, einem brillanten und angenehmen jungen Mann, Mathematiker und *homme des lettres*, und natürlich direkter Nachfahre von jenem Esterházy, dem Beethoven seine Sonaten gewidmet hat. In der Eigenschaft als Mitglied der höchsten ungarischen Aristokratie hat Peter den größten Teil seiner Kindheit in einer Art Internierungslager verbracht – er hat darüber geschrieben –, und man wird bei ihm vergeblich nach irgendwelchen Sympathien für die jetzt beendete Ära der ungarischen Geschichte suchen.

Wir sitzen da und plaudern in aller Ruhe. Ich erwähne einige Bekannte. György Konrád zum Beispiel, und E. erzählt, wie es György und seiner Familie jetzt geht. Gut.

Dann kommt der Moment, da ich ihn nach »meinem alten Freund Janos Ebert« frage.

Der sonst mustergültig höfliche und zuvorkommende junge Schriftsteller gibt ziemlich deutlich zu verstehen, daß ich auf irgendeine subtile Weise ins Fettnäpfchen getreten bin. Aber es ist zu spät, um abzubrechen und das Thema zu wechseln.

Janos Ebert sei tot, erzählt E. Er sei 1983 gestorben. In diesem Jahr habe man seinen Leichnam im Balatonsee treibend entdeckt. Vermutlich habe ihn jemand aus einem Boot geworfen, weit draußen, wo die Entfernung zum Ufer zu groß ist für jemanden, der nicht Marathonschwimmer ist. Janos habe keine Chance gehabt.

Auch sein Sohn nicht. Dieser Zwanzigjährige – seinem Vater tief verbunden – sei, wie ein anderer Telemach, Janos nach seinem Verschwinden suchen gegangen und selbst spurlos verschwunden.

Zwei Jahre später, 1985, wenn E. sich recht erinnerte, sei das letzte Mitglied der Familie, Maria, gestorben. Unfähig, die Einsamkeit nach dem Tod ihres Mannes und ihres Sohnes zu ertragen, habe sie in ihrer Wohnung in Budapest Selbstmord begangen.

Die gängige Ansicht unter den Intellektuellen von Budapest ist offenbar die, dies sei eine typische KGB-Geschichte. Die Organisation hat einen der Ihren liquidiert. Vielleicht keinen Agenten, vielleicht nur einen Informanten. Und als der Sohn den unverzeihlichen Fehler beging, nach dem Vater zu suchen, hat man auch ihn liquidiert.

Es müsse nicht so sein, betonte E. im Jahr 1989 in Lissabon, daß Janos Ebert ein schlechter Mensch war. Es habe damals gereicht, bei irgendeiner kleinen Verfehlung ertappt zu werden, vielleicht beim Betrug mit einer Rationierungskarte oder einer verbotenen Devisentransaktion, um ins Spinnennetz der Organisation zu geraten. Dann wurde einem eine Strafminderung in Aussicht gestellt (oft gab es mehrjährige Gefängnisstrafen), wenn man sich im Gegenzug für gewisse Dienste zur Verfügung stellte. Ob Janos Ebert an jenen schönen Frühlingstagen, als ich ihn traf, der Organisation angehörte, konnte man laut E. auch nicht wissen. Vielleicht war er schon damals dabei. Vielleicht ist alles viel später passiert.

Auf welche Weise er mit dem KGB in Konflikt geraten war, war auch nicht leicht zu sagen. Vielleicht wußte er einfach zuviel. Vielleicht hatte er als Dolmetscher von Breschnew Einblick in Dinge bekommen, die er nicht hätte erfahren dürfen. Vielleicht hatte er versucht, sein Wissen irgendwie zu benutzen.

Vielleicht hatte er auch einfach versucht abzuspringen. Auch das konnte leicht zum Tod führen. (Alles laut Esterházy.)

Jetzt sind seit der Begegnung in Lissabon auch schon mehrere Jahre vergangen. Ich hatte anderes im Kopf. Doch manchmal kehre ich unwillkürlich zu dieser freundlichen kleinen Familie zurück, die mir auf dem Flugplatz von Budapest an einem schönen Tag Ende Mai 1969 zum Abschied winkte. Der Papa, die schöne Maria und Klein Janosch, der glücklich sein neues Spielzeugauto schwenkt.

Was ich von diesen Menschen im Gedächtnis behalten habe, ist so total unvereinbar mit dem, was ihnen später widerfahren ist.

Es auf sich nehmen, Jude zu sein

Ethnographische Ausgangspunkte

In amerikanischen Synagogen wird eine Menge Unsinn geredet. Ich vermute, der Unsinn in Synagogen entspricht durchschnittlich dem in christlichen Kirchen. Dies ist vor allem dann der Fall, wenn der Rabbiner meint, er müsse sich, wie es heißt, zu aktuellen politischen und sozialen Fragen äußern.

Gegenwärtig können die Demographen zeigen, daß die Einheirat unter amerikanischen Juden stark zunimmt. Das ist ein quantitativ nachweisbares Phänomen. Möglicherweise bedeutet es auch eine Art von jüdischem Problem, aber das ist ja nicht genauso leicht nachzuweisen.

Für unseren Rabbiner, in der konservativen Gemeinde Agudas Achim in Austin, Texas, stand bei der Jom-Kippur-Predigt fest, daß die Einheirat in den amerikanischen jüdischen Familien der Anfang vom Ende des amerikanischen Judentums bedeutet. Exakt wie, hat er nicht erklärt, aber im Laufe seiner Ausführungen wurde immer deutlicher, daß dieser Rabbiner nicht den geringsten Unterschied machte zwischen einer Heirat mit Konvertiten und einer Heirat mit Nicht-Juden. Ich vermute, er hat danach etliche böse Briefe bekommen; gerade in dieser Gemeinde wimmelt es geradezu von eingeheirateten Konvertiten, und viele davon gehören zu den aktivsten Besuchern des Gottesdiensts, Lesern der Thora, Sonntagsschullehrern, Komiteemitgliedern.

Wie kann denn ein Rabbiner in seiner Synagoge so düster von Einheirat sprechen? Das ist nicht schwer zu erklären. In der Nachkriegszeit haben sich die amerikanischen Juden, besonders in ihren öffentlichen Organisationen, gern als amerikanische ethnische Minderheit unter anderen ethnischen Minderheiten dargestellt. Es war am einfachsten so. In den USA gibt es einen entwickelten Begriffsapparat und einen politischen Apparat für ethnische Minderheiten, von schwarzen Amerikanern bis zu amerikanischen Ukrainern. Es gibt etablierte Formen dafür, wie ethnische Minderheiten zu Wort kommen und ihre berechtigten oder unberechtigten Forderungen den gesetzgebenden und beschlußfassenden Institutionen vermitteln. Und es gibt auch die Tradition der ethnischen Toleranz, die es anscheinend leichter macht, mit einem Problem wie dem Antisemitismus innerhalb eines Begriffsapparats zurechtzukommen, der traditionell ethnisch tolerant und universalistisch ist, nämlich der amerikanischen Verfassungstradition.

Da wird der Antisemitismus dann zu einer Form von ethnischer Intoleranz. Und daß ethnische Intoleranz nicht geduldet werden darf, sollte ja allen aufgeklärten Menschen klar sein, da sie alle eine ethnische Zugehörigkeit haben. Ist man, sagen wir, ein irischer Katholik, sollte man also auch im eigenen Interesse den Antisemitismus bekämpfen. Das erscheint ja ziemlich vernünftig. Den offensichtlichen Vorteilen, die es bringt, sich mit anderen ethnischen Minderheiten im Kampf gegen Intoleranz und Vorurteile zu verbünden – etwas, was besonders die jüdische Haltung in der Bürgerrechtsbewegung der sechziger Jahre prägte, als Juden ehrenwerte Einsätze für die Rechte der Schwarzen machten –, stehen freilich gewisse Nachteile gegenüber.

Einer davon ist, daß man so reden muß, als könnte »Einheirat« eine Bedrohung für das amerikanische Judentum bedeuten. Man könnte das auch »die ethnographische Vereinfachung« nennen. Sicherlich kann das »Schwedentum« in den USA durch Einheirat verschwinden. Sprache, Trachten, Weihnachtsbräuche und der Mittsommertanz verblassen innerhalb weniger Generationen. Mit dem Judentum verhält es sich nicht ganz so einfach. Denn es gibt in Wirklichkeit sehr wenig, was für die ethnographische Definition einer modernen jüdischen Identität spricht.

Laßt uns sicherheitshalber ein paar Selbstverständlichkeiten abklären.

Historisch lassen sich zwei Folgen des Antisemitismus unterscheiden, der religiöse, welcher der ältere ist, und der rassistische, der seine Wurzeln im 19. Jahrhundert hat. Welcher von beiden am meisten Leiden und Tod verursacht hat, darüber läßt sich diskutieren, aber fest steht doch wohl, die rassistische Variante ist die vulgärere und einfältigere von beiden, sofern ein Vergleich überhaupt möglich ist. Der Rassismus als eine Art, die jüdische Identität zu definieren, ist grundfalsch.

Natürlich gibt es keine jüdische Rasse. Sollte es überhaupt sinnvoll sein, den Begriff der Rasse auf Menschen anzuwenden, und dann als *ethnographische* Bestimmung, fordert das eine Art äußeres, gemeinsames physiologisches Kennzeichen. Das besitzen Juden nicht, wenn wir von lokalen Variationen absehen, das heißt den Folgen einer sozialen Isolierung über längere Zeit. Es gibt auch eine Art moderner Forschung, bei der man mit Hilfe verschiedener Kriterien die einzelnen prähistorischen Bevölkerungsströme in der Welt zu verstehen sucht. Diese moderne Physiologie, die mir rassistisch harmlos erscheint, behauptet zum Beispiel, die Basken in Spanien müßten eine der ältesten Bevölkerungen der Welt sein, und versucht ganz allgemein zu zeigen, wie sich dieser Erdteil durch verschiedene Einwanderungswellen aus dem Osten und Süden bevölkert hat. Diese moderne Forschung will offenbar molekularbiologische und linguistische Hypothesen kombinieren. Daß sie so harmlos ist, wie sie ist, beruht darauf, daß die Volksstämme, mit denen sie sich befaßt, alle hypothetisch und längst verschwunden sind.

Auch dieses Räsonnement erscheint auf Juden nicht anwendbar, denn es gibt deutsche, russische, chinesische, indische und äthiopische Juden, die physisch alle ganz verschieden aussehen.

Bei weniger hochentwickelten Juden kann man sogar auf etwas stoßen, was nach ganz gewöhnlichen ethnischen Vorurteilen aussieht. Die Aschkenasim im Houston der vierziger Jahre sagten gern von den Sephardim, sie seien keine *richtigen* Juden. Das hat mir ein Gewährsmann, der Augenzeuge war, berichtet. Und ein anderer Zeitzeuge, aus der Türkei, hat mir gesagt, die Sephardim dort hätten genau die gleiche Tendenz, auf die Aschkenasim herabzusehen und sich selbst als die einzig richtigen Juden zu betrachten. Diese Tatsache, deren Tragweite bestimmt nicht übertrieben werden sollte, ist philosophisch interessant, denn sie zeigt, daß ethnische Vorurteile und Antisemitismus nicht dieselbe Sache sind. Sie haben unterschiedliche Sprachspiele.

Nicht einmal das ziemlich harmlose Kriterium der romantischen Schule für ein Volk – alle, die eine gemeinsame Sprache zusammenhält – ist auf die Juden anwendbar. Die meisten Juden auf der Welt verstehen nicht Hebräisch und benutzen die Sprache nicht im Alltagsgebrauch.

(Beim Gottesdienst Hebräisch vom Blatt zu lesen ist ein normaler Bestandteil der jüdischen Erziehung, und auch in unseren Tagen kann kaum ein jüdischer Jugendlicher umhin, das zu tun, aber es ist schließlich etwas anderes, als die Sprache im üblichen semantischen Sinn zu gebrauchen. Die großen jüdischen Sprachen Jiddisch und Ladino befinden sich deutlich im Abnehmen zugunsten der verschiedenen Nationalsprachen. Auffallend ist beispielsweise, wie schnell das Jiddische in den USA an Boden verliert.)

Soll also die Fähigkeit, semitische Sprachen zu sprechen und zu schreiben, als Kriterium für einen »Semiten« gelten, wird der einfachste syrische Olivenhändler ein selbstverständlicheres Opfer des Antisemitismus als ein jüdischer Arzt in Minsk.

Die Einführung des Hebräischen im Staat Israel kann als Versuch gesehen werden, post facto etwas zu schaffen, was der nationalromantischen Idee des 19. Jahrhunderts – sagen wir bei Herder – von einem Volk entspricht: alle, die eine gemeinsame Erfahrung zusammenhält, synthetisiert in einer gemeinsamen Sprache.

(Israelis mißbilligen es mitunter, wenn man darauf hinweist, denn das kann fälschlich als ein Infragestellen der Legitimität des Staates Israel ausgelegt werden. Doch das muß es ja nicht bedeuten. Es gibt, wie Herbert Tingsten bemerkt hat, mehrere Möglichkeiten, die israelische Identität zu bestimmen. Die jedoch ein anderes Problem ist, grundsätzlich verschieden von der Frage der jüdischen Identität. Die einzigen, die das vermischen, sind wohl sehr grobe Antisemiten vom konspirationsorientierten Typ und apokalyptisch veranlagte Personen, die die Errichtung des Staates Israel als Verwirklichung des jüdischen Messianismus sehen wollen – ein zweifellos unsinniger und ziemlich unfrommer Standpunkt.)

Wenn die Geläufigkeit in semitischen Sprachen ein Kriterium für das Judentum sein soll, sind Saudier und Jemeniten bestimmt bessere Juden als die richtigen Juden. Juden benutzen das Hebräische als Gottesdienstsprache, das stimmt allerdings, aber Katholiken benutzen Latein als Gottesdienstsprache, ohne deshalb Römer zu werden. Oder sollten wir behaupten, sie *würden* aus diesem Grund eine Art von Römern?

Ein Faktum, das sich *nicht* wegräsonieren läßt, ist, daß es eine jüdische Identität *gibt*. Sie ist nicht ethnographisch im üblichen Sinn, nicht sprachlich, nicht einmal organisatorisch; man kann Jude sein und es vorziehen, außerhalb aller jüdischen Institutionen zu stehen, und man kann durch eine persönliche Entscheidung Zutritt zum Judentum bekommen. Es gibt eine Einheit, die *Beith Israel* heißt, was normale Bibelübersetzungen als »Das Haus Israel« formulieren. Ob diese Einheit ein Volk ist, eine Religion oder eine Erfahrung, ist nicht leicht zu beantworten. Eine Antwort lautet, es sei eine einzigartige Einheit aus gemeinsamem Glauben und gemeinsamer historischer Erfahrung – auch eine Gemeinschaft der Verfolgung und des Leidens –, die sich mit anderen Begriffen nicht ganz erschöpfend definieren läßt und keine richtige historische Parallele hat.

Warum müssen alle historischen Phänomene historische Entsprechungen haben? Der jüdische Glaube sieht ja das Judentum als Unizität.

Theologische Ausgangspunkte

Der zweite Haupttypus des Antisemitismus, der mittelalterliche, der im 13. Jahrhundert ausbricht, ist ebenfalls nicht der erste in der Weltgeschichte, aber wahrscheinlich der größte. Er ist mindestens genauso inhuman wie der moderne Antisemitismus mit seinem biologischen Anspruch, seiner falschen Wissenschaftlichkeit, aber der mittelalterliche gründet sich auf subtilere theologische Erwägungen, nämlich die paulinische Doktrin, mit dem Erscheinen Jesu auf der historischen Bühne sei der jüdische Bund mit Gott ungültig geworden und ersetzt durch einen Universalismus des *Glaubens.* »Was sollen wir nun sagen? Heiden nämlich, die nicht nach Gerechtigkeit trachteten, haben Gerechtigkeit erlangt, aber die Gerechtigkeit, die aus Glauben kommt; Israel dagegen, das dem Gesetz der Gerechtigkeit nachtrachtete, ist zu dem Gesetz der Gerechtigkeit nicht gelangt. Warum? Weil es nicht aus Glauben ihm nachtrachtete, sondern wie wenn sie aus Werken käme. Sie stießen an den Stein des Anstoßes.« (Röm. 9,30–32)

Die paulinische Doktrin hat natürlich eine Kehrseite; sie erklärt nämlich nicht nur den jüdischen Anspruch für ungültig, besondere Verpflichtungen gegenüber Gott zu haben, sie erklärt die Juden für ungültig. Sie werden nicht mehr gebraucht. (Nur eine Gruppe von Auserwählten bleibt von der ursprünglichen Legitimation bestehen, nämlichen die Gläubigen. Röm. 11,5–7.) Rein historisch gesehen, verkürzt diese Erklärung eine lange christliche Dogmenentwicklung auf einen Augenblick, während es in Wirklichkeit viele Jahrhunderte gebraucht hat, bis der christliche Antisemitismus eine entwickelte Doktrin war.

Wohlmeinende christliche Theologen erklären gern, diese Entwicklung sei ein unglückliches Mißverständnis. Ich bin geneigt zu sagen, es war eine essentielle Konsequenz der grundlegenden Doktrin, daß nämlich ein Glaubensakt die alte Mitgliedschaft ersetzen könne.

Die Juden werden in dieser Theologie ganz einfach überflüssig. Denn ihr Vertrag wurde durch einen anderen ersetzt. Ein Bekenntnisakt ersetzt einen älteren Begriff, eine Zugehörigkeit. Exakt auf diese Art hat mir meine Volksschullehrerin im Jahr 1942 die christliche Theologie erklärt. Ich kann nicht behaupten, daß sie vom Lehrplan abwich.

Die Antwort auf die Definition des Veterinärantisemitismus der jüdischen Identität ist natürlich trivial. Man muß nur darauf hinweisen, wie es Jean-Paul Sartre in seinem Buch *Überlegungen zur Judenfrage* tut, daß es äthiopische Juden gibt, schwarze Juden und finnische Juden, und daß sie nicht allesamt Konvertiten sind.

Der Versuch des mittelalterlichen Antisemitismus, die Identität des Gegners zu definieren, ist viel interessanter. Da sich die christliche Formel auf einen kognitiven Begriff gründet, *Glaube* – allein der Glaube errettet vom Tode –, muß der Gegner, der ausgegrenzt werden soll, demzufolge auch durch einen abweichenden Glauben definiert werden.

Ein Jude wird dann zu einem Gläubigen, der in seinem Glauben fundamentale christliche Glaubenssätze verleugnet.

Und natürlich gibt es einen jüdischen Glauben. Das *Sche'ma*-Gebet: Gott ist einer. Das ist jüdischer Glaube. Der Messianismus, also der Glaube, daß die Geschichte ein Ende hat und daß dieses Ende den Triumph der Gerechtigkeit bedeutet, ist jüdischer Glaube. Doch diese und andere Formen jüdischen Glaubens gehören zu einer älteren, einer fundamentaleren religiösen Verhaltensweise als die des Christentums. Sie ist nicht auf die gleiche Art *doxa*, nicht in Glaubenssätzen geordnet. Sie ist nicht Bekenntnis, sondern eher Überzeugung. Und sie ist nicht dafür bestimmt, genau dieselben Fragen zu beantworten wie das christliche *symbolum*. Gott ist *einer*. Es ist nicht die Frage nach Gottes Existenz, die eine spätrömische Frage ist, sondern eine emphatische Antwort auf eine ganz andere, nämlich die nach der Anzahl der Götter.

Die alte mittelalterliche Anklage gegen uns Juden, wir würden Christus verleugnen, ist genau und logisch genommen unrichtig. Die Frage, inwieweit Jesus der Erlöser der Menschen ist, läßt sich im jüdischen Begriffsapparat ganz einfach nicht stellen. Die Vorstellungen der spätantiken Mysterienreligionen, wie man dem Tod entrinnen kann, gibt es im Judentum nicht.

Das Ganze erinnert ein wenig an die Geschichte, wie der Bruder meiner Großmutter, Claes Clason aus Hallstahammar, auf der Landstraße einem religiösen Schwärmer begegnete, der ihm triumphierend zurief: »Jesus lebt, Clason.« – »Ja, wer zum Teufel hat gesagt, er wäre tot«, soll darauf dieser schlagfertige und wenig fromme Mann geantwortet haben.

Das Judentum und das Christentum spielen, hätte vielleicht der spätere Wittgenstein gesagt, verschiedene Sprachspiele. Sie verhalten sich nicht ganz adäquat zueinander. Die Fragen passen nicht zu den Antworten. Das Christentum ist eine spätantike Mysterienreligion, die in einer ganz neuen hellenistischen Richtung eine echte Teilmenge von jüdischen Vorstellungen entwickelt. Es teilt dem kognitiven Akt des Glaubens, des Bekennens, eine ganz andere Rolle zu als das Judentum.

Nun wendet sofort jemand ein, es gäbe so etwas wie die »Dreizehn Artikel« des Maimonides. Aber wir müssen bedenken, daß diese im 12. Jahrhundert in Nordafrika unter der Herrschaft der Almohaden geschrieben sind; sie sind die Antwort auf eine äußere Forderung nach einem *Bekenntnis*. Sie sind Ausdruck einer von außen kommenden Forderung.

Siehe zum Beispiel den dreizehnten und letzten der Artikel des Maimonides, der vom Wiederaufleben der Toten handelt: »Ich bin vollkommen überzeugt, daß die Auferstehung der Toten sein wird zur Zeit, die wohlgefällig sein wird dem Schöpfer, gelobt sei sein Name und verherrlicht sein Gedenken immerfort und in Ewigkeit der Ewigkeiten.«

Diese Formulierung *beantwortet* nicht die Frage nach der Unsterblichkeit der Seele, sie übergibt sie Gott. Tatsächlich ist sie eine elegante juristische Kompromißlösung zwischen verschiedenen rabbinischen Ansprüchen. Wenn es Gott so gefällt, kann Gott die Toten auferwecken.

Was ist die jüdische »Doktrin« von unserem jenseitigen Leben? Es gibt ein uraltes Schattenreich, *scheol*, das den Vorstellungen der alten Nordländer und der alten Griechen von einer Welt der Schatten gleicht. Es gibt den kabbalistischen Glauben an die Seelenwanderung, und es gibt, aus rabbinischer Zeit, die Vorstellung von der leiblichen Auferstehung, die der christlichen sehr nahesteht. Und es gibt, vom Anfang unserer Zeitrechnung, den sadduzäischen Standpunkt, daß es kein Leben nach diesem gibt. Ein Standpunkt, der, wohlgemerkt, nichts mit Atheismus zu tun hat.

Man kann bis spät in die Nächte hinein diskutieren, was jüdischer Glaube ist und was nicht. Was geschieht beispielsweise *in unserer Zeit* mit dem Messias und dem

Messianismus? Dürfen sie heute noch sein? Ein nachlässig formuliertes Gebet für den Staat Israel in einem modernen jüdischen Gebetbuch drückt sich so aus, als meine es tatsächlich, die Errichtung der Republik Israel bedeute die endgültige Verwirklichung der messianischen Verheißung. Das ist natürlich genauso unintelligent wie wenn die arme perplexe schwedische Kirche versucht, die Lehre Jesu als eine spätantike Variante der Sozialdemokratie darzustellen.

Glauben wir noch immer, um Gershom Scholems Formulierung zu gebrauchen, das Geistige werde eines Tages das historische Dasein überfluten und es zu seinem Ende bringen?

All das sind intellektuell anregende und ein bißchen unjüdische Aktivitäten. Denn die richtige jüdische Spekulation ist eher legalistisch als metaphysisch, sie handelt von der Bedeutung der *Pflichten* und nicht von *Ontologie*, nicht davon, was es in der Welt gibt und nicht gibt, sondern davon, was wir mit ihr anfangen sollen.

Eine dem Judentum eigentlich sehr fremde Atmosphäre griechischer Philosophie umgibt die ganze Rede von der »Unsterblichkeit der Seele« und so weiter.

Man könnte sagen, während das Christentum etwas ist, das sich *leugnen* läßt, ist das Judentum etwas, das man eher verweigern muß, als es zu leugnen, wenn man nichts damit zu tun haben will.

Doch um den fundamentalen Unterschied zwischen diesen beiden Sprachspielen zu zeigen, reicht es eigentlich festzustellen, daß ein Mann sich nach einem langen, unter ganz säkularen Bedingungen verbrachten Leben dafür entscheiden kann, daß er *Jude* war. Dies geschah beispielsweise mit dem Philosophen Henri Bergson während der deutschen Besetzung von Paris. Dies geschieht tatsächlich ziemlich oft mit säkularisierten Juden am Ende ihres Lebens. Das erinnert natürlich an Jean-Paul Sartres projektorientierter Definition der jüdischen Identität: »Ein Jude ist der, welcher ohne Widerspruch akzeptiert, daß andere Menschen ihn als solchen charakterisieren.«

Es ist ganz plausibel, wenn jemand sagt: »Ich war Jude«, und damit meint, er oder sie sei es die ganze Zeit gewesen.

Was würde es dagegen bedeuten, wenn jemand sagte: »Ich war eigentlich Christ«, und damit etwas über sich selbst zu sagen beabsichtigte, was die ganze Zeit gegolten hat? Wie man es auch dreht und wendet, ist dieser Imperfektgebrauch des Wortes »Christ« äußerst eigentümlich. (Dieses philosophisch interessante Beispiel hat meine Frau, die Philosophin und Juristin Alexandra Gustafsson, beigesteuert. Man muß vielleicht sowohl Jüdin sein als auch bewandert in der Philosophie des späten Wittgenstein, um auf ein solches Argument zu kommen.)

Am Ende seines Lebens zu sagen: »Ich bin Jude« – »Ich war Jude«, heißt, etwas auf sich nehmen, eine Verantwortung übernehmen, und es ist natürlich auch eine Stärke. Es bedeutet, wenn es zu Judenverfolgungen käme, müßte man bereit sein, sich und die Seinen zu verteidigen. Es ist, könnte man sagen, als würde man damit ein Schicksal auf sich nehmen. Oder sich selbst als einem Schicksal zugehörig erkennen.

Es gibt viele verschiedene Möglichkeiten, die jüdische Identität zu formulieren. Sie ist offenbar nicht von der Art, die wir in einer sogenannten monotonistischen Logik mit »Identität« meinen (eine Eigenschaft F begrenzt eine Menge X mit einer notwendigen und ausreichenden Bedingung). Leibniz hätte unsere Art zu definieren mißbilligt.

Sich als Jude wiederfinden

Die kabbalistische, mystische Lehre, daß es eigentlich nur eine endliche Anzahl jüdischer Seelen gebe, die ständig wiedergeboren würden und einander in verschiedenen Erscheinungsformen wiederfänden, ist natürlich monotonistisch und ergäbe eine Logik, die Leibniz billigen würde, aber für uns ist sie wohl ein bißchen zu extrem.

Hingegen – verzichten wir auf die Logik der abgeschlossenen Menge – ist natürlich etwas an diesem »sich als Jude wiederfinden«. Es kommt auch der Art näher, wie Sartre den Begriff »Projekt« auf das Jüdische anwendet.

Nehmen wir an, es gäbe ein Zeichen, sagen wir, einen winzigen roten Punkt, den bestimmte Menschen haben, andere nicht. Es ist kein Pigment und auch kein Ausschlag. Es ist ein *Zeichen*, genau das und nichts anderes. Wie man es erworben hat, ist unbekannt. Sagen wir, jemand hat bestimmte Menschen auserwählt, dieses Zeichen zu tragen. Wir wissen nicht genau, warum, oder wozu es dienen soll. Doch das Zeichen ist da. Manchmal sitzt es sehr deutlich mitten auf der Stirn. Manchmal sitzt es in der Achselhöhle des Kindes, so gut versteckt, daß man es vielleicht nie entdeckt, oder sehr spät im Leben. (Wiederum ein philosophisches Beispiel von Alexandra Gustafsson.)

Manche deuten dieses Zeichen als unheilvoll und weigern sich, dazu zu stehen. Es ist nicht meins, oder es ist aus purem Zufall an mich geraten. Die meisten sehen es jedoch als ein Zeichen dafür, daß sie stark genug sind, ihr ganzes Leben mit einem einzigartigen Zeichen zu verbringen. Sie tragen es mit Stolz, ja, mit einem geheimen Glück, das der Außenstehende nicht recht verstehen kann. Und manche fügen sich dieses Zeichen selber zu, sie *vervollständigen* sich damit, könnte man vielleicht sagen. »Für die Juden aber war eine Zeit des Glückes und der Freude, der Wonne und Ehre gekommen« (Esther 8,16).

Es gibt ein Gedicht von meinem alten västmanländischen Favoriten, Gunnar Mascoll Silfverstolpe, einem feinen schwedischen Poeten und Humanisten. Wieviel er von jüdischen Fragen verstand, weiß ich nicht. Doch er hatte eine Fähigkeit zu moralischer Einfühlung, die manchen viel größeren Poeten fehlt. Dieses Gedicht beschreibt etwas, was zumindest für mich fundamental ist für das Erlebnis einer jüdischen Identität. Es ist ein Gedicht, das »Heimatland« heißt und in seiner letzten Sammlung steht, von 1940.

Das Gedicht beginnt mit einem zeittypischen schwedischen Patriotismus auf humanistischem Resonanzboden. Er spricht vom Heimatland, von den Runensteinen, die er zeigen konnte, von der Luft in der kalten Bibliothek des Gymnasiums, dem Wind im einsamen Wald und dem Rauschen an einem Friedhofshang, an dem er einst auszuruhen hofft.

Hätte das Gedicht hier geendet, wäre es natürlich ganz in Ordnung gewesen, aber vielleicht nicht besonders originell. Doch das Gedicht endet nicht hier. Denn in der nächsten Strophe fährt Silfverstolpe fort und sagt, all das hätte einst für ihn gegolten, aber jetzt könne es nicht mehr gelten.

Es gibt einen größeren Wertezusammenhang von tieferen historischen Dimensionen, er erstreckt sich weiter, als wir sehen können, und tief im Dunkeln besitzt er noch Gültigkeit:

> Heimatland –
> die Gewalt hat mich gelehrt
> daß ich daheim bin auch dort
> wohin ich nie gehen werd
> Land der Freiheit und des Rechts,
> wo immer dein Ort,
> gestern gegründet,
> beschirmt, soweit die Erinnerung reicht,
> Heimatland, das die Reihen füllt
> in der Menschheit ewiger Front,
> über meine Lebensidylle hinaus
> erstreckt sich ins Dunkel dein weiter,
> bedrohter Horizont!

Ungefähr so erlebe ich meine eigene jüdische Identität. Auf eine Art, die viele meiner jüdischen Freunde sonderbar finden würden, wie ich fürchte. Wie einer, der auch dort zu Hause ist, wohin er niemals gehen wird. Partner in einem Vertrag, in dem die andere Seite ganz und gar im Verborgenen bleibt (vielleicht ist es Heraklits »Verborgenes«). Gezeichnet, nicht vom Glauben an die eine oder andere Sache (was Menschen glauben oder nicht glauben, ist im Grunde nicht besonders interessant, außer für die Griechen), sondern von der Sache selbst. Die eine Ordnung jenseits menschlicher Ordnung ist.

Es ist eine Identifikation, die sich bis ins Dunkel der Zukunft erstreckt.

Si Deus est, unde malum?
Si Deus non est, unde bonum?

Es war einmal ein Studienrat mit dem Spitznamen Spinne. Nein, so kann ich nicht anfangen.

Mitte Januar 1991 gab es schwedische Intellektuelle, die praktisch willens waren, mit ihren bloßen Händen den armen mißverstandenen Diktator Saddam Hussein gegen die garstige USA und ihre rohen Alliierten zu verteidigen. Das erstaunt mich nicht. Die radikal Destruktiven, die durch und durch Bösen üben auf Intellektuelle eine eigentümliche Anziehungskraft aus, und das sagt etwas Interessantes über die Intellektuellen aus. Sie sind so verdammt verständnisvoll, sobald es sich um jemanden handelt, der stärker ist als sie selbst.

Ich glaube nicht einmal, daß Präsident Bush die richtige Person war, um mit einem Dämon wie Saddam Hussein umzugehen. Bush, ein ausgeprägter *whimp*, wohlerzogen, anständig, rational, ein gläubiger Christ, das Produkt eines Rechtsstaats und seiner Institutionen, hatte keinerlei natürliche Voraussetzungen, um sich mit einem radikal bösen Gegner auseinanderzusetzen. Bis zuletzt verfuhr er mit dem irakischen Diktator, als handle es sich um eine Unterschlagung im Tennisklub. Ich glaube, er hatte nicht verstanden, daß es Menschen geben kann, die wirklich die Zerstörung *wollen*, auch ihre eigene Zerstörung.

Was Winston Churchill zum idealen Anführer im Kampf gegen Hitler und seine Räuberbande machte, war, daß auch Churchills Persönlichkeit eine dunkle Seite, einen Schatten barg. Dieser depressive Zug, den er selbst

»black dog« nannte (und systematisch mit einer selbsterfundenen Therapie bekämpfte, die aus Ölmalerei, Champagner und Whisky bestand), konnte in den Kriegsjahren produktiv gemacht werden. Es gibt einen Zug von wahrem Blutdurst in den großen historischen Unterhausreden, die Churchill am Anfang des Zweiten Weltkriegs gehalten hat.

Liest man ein bißchen von dem, was über den Frieden als philosophisches Problem geschrieben wurde, findet man bei den Verfassern eine eigentümliche Begrenztheit. Sie sind allesamt Männer des guten Willens. Quäker, Idealisten, nette Leute, die man mit Vergnügen zum Essen einladen würde.

1795, als in Europa die Revolutionskriege richtig in Gang kommen, veröffentlicht Immanuel Kant seinen Traktat *Zum ewigen Frieden. Ein philosophischer Entwurf*. Eine grundlegende Idee in dieser Schrift ist, daß Krieg einer ungerechten und despotischen Gesellschaftsordnung entspringt. Reife Staaten, demokratische Republiken, die sich auf Menschenrechte und legale Prinzipien gründen, führen nicht Krieg miteinander. Denn dieselben Prinzipien, die innerhalb eines Staats zu friedlichen Lösungen von Konflikten führen, müssen zu friedlichen Lösungen von Konflikten zwischen Staaten führen. Und Kant hofft, daß eine Entwicklung, die unerbittlich zur Rechtsstaatlichkeit führt, auch zum Weltfrieden führen wird. Auf dem Weg zu dieser Schlußfolgerung sagt er viele gute Dinge, zum Beispiel, daß ein Friede einen rechtlichen Inhalt haben müsse. Ein Friede, der nur blinde Unterwerfung unter die Ferse des Unterdrückers ist, habe diesen Namen nicht verdient.

Wenn man genauer darüber nachdenkt, hat die Geschichte Kant tatsächlich nicht widerlegt. Mir fällt kein einziges Beispiel aus dem 20. Jahrhundert ein, wo sich parlamentarische Rechtsstaaten auf beiden Seiten eines bewaffneten Konflikts befunden hätten. Die Kriege haben sich zwischen Despotie und Despotie abgespielt, oder zwischen Rechtsstaat und Despotie. Der Erste Weltkrieg ist ein kompliziertes Beispiel, weil Deutschland und Österreich nicht Despotien im üblichen Sinn sind, als er ausbricht, sondern eine parlamentarische Vertretung haben, und weil sich eine Despotie, Rußland, auf der anderen Seite befindet. Aber im großen und ganzen hält das Prinzip stand.

Man kann sagen, Kants Theorie hat viel für sich, jedoch einen ärgerlichen Makel; sie stellt keine Methode zur Verfügung, wie mit real existierenden Despoten zu verfahren ist.

Die aber gibt es.

Ich möchte nicht als Misanthrop erscheinen. Ich besitze eine geographisch ziemlich weitreichende Kenntnis des Menschen, vom nördlichen Västmanland bis zur Südküste Australiens, von der Provinz Yunnan in China bis zu den Davis Mountains, Texas, und sogar noch etwas weiter westlich, und ich muß sagen, meine Erfahrung deutet insgesamt darauf hin, daß die guten Menschen gegenüber den bösen in der überwältigenden Mehrheit sind. Überall stößt man auf diese hilfsbereiten und anständigen Personen, die ohne einen Gedanken an den eigenen Vorteil bereit sind, eine besondere Anstrengung zu machen, eine besondere Aufopferung, um anderen zu helfen und ihnen das Leben zu erleichtern. Gesellschaftsschicht oder sogenannte »Rasse« macht dabei offenbar keinen Unterschied.

Dann gibt es eine viel kleinere Gruppe von Menschen, die aus verschiedenen Leidenschaften, sei es egoistische Gewinnsucht oder doktrinär eingetrichterter Haß, schwierig im Umgang sind. Auch diese lassen sich oft zur Einsicht bewegen. Hat man die Chance und genügend Zeit, kann man sie für bessere Ziele gewinnen. (Was für mich nicht selten bedeutet, daß sie mir helfen.) Auch diese Menschen stellen kein wirkliches metaphysisches Problem dar.

Außerdem gibt es aber noch die sehr kleine, aber nicht wegzuredende Gruppe von *bösen* Menschen. Die unfaßlich und unbestreitbar Bösen, könnte man sie nennen. Diese unangenehme Superminderheit, deren Existenz aus verschiedenen Gründen ständig geleugnet wird, ist es, die mich in diesem Zusammenhang interessiert. Ihre Existenz ist das Problem des Bösen.

Es war einmal ein Studienrat mit dem Spitznamen Spinne. Er hat für meine intellektuelle Entwicklung eine wichtige Rolle gespielt, denn er hat mich davon überzeugt, daß es radikal böse Menschen gibt. Spinne befand sich auf dem Schulhof in ständiger Bewegung, in einer Art von Phrenesie. Tatsächlich hätte er einen hervorragenden Chef für eine totalitäre Geheimpolizei abgegeben. Die Schule hatte eine Reihe von Verhaltensregeln, die in heutigen Schulen bestimmt sehr antiquiert wirken würden. Es war beispielsweise verboten, auf den Gängen zu pfeifen, Schneebälle gegen die Wände der Schule zu werfen (das beschädigte angeblich den Verputz), sein Fahrrad außerhalb der Fahrradständer abzustellen, auf dem Schulhof Ball zu spielen, überhaupt die Frechheit zu haben, auf dem Fahrrad in die Schule zu kommen, wenn man innerhalb eines bestimmten Umkreises wohnte. Diese Verbote wurden von normalen Lehrern mit einer gewissen wohlwollenden Toleranz gehandhabt. Nicht aber von Spinne. Überraschte er einen unglücklichen kleinen Realschüler beim Schneeballwerfen gegen die Wand, packte Spinne ihn mit kalten, klauenartigen Händen am Kragen und schrieb einen bösen Tadel in das Klassenbuch des Betreffenden. Außerdem fotografierte er sorgfältig die Spuren der Schneebälle als Teil der Beweisaufnahme für das Kollegium.

Spinne beschränkte seine Aktivitäten keineswegs auf den Schulbereich. Kam es vor, daß wir nebeneinander die lange, breite Kristiansborgsallee entlangradelten, vertieft in die faszinierenden Gespräche der frühen Pubertät, konnte man darauf wetten, daß man bald Spinne im Rükken haben würde, keuchend und hart in die Pedale seines altmodischen schwarzen Herrenrads tretend. Er drängte uns oft auf eine Art an den Rand des Bürgersteigs, die vermutlich wirklich gefährlich war, um dann triumphierend Name und Klasse in seinem Notizbuch zu vermerken. Die Tadel im Klassenbuch, die darauf folgten, waren monumental. Sie füllten oft die ganze Wochenspalte und enthielten wahre Strafpredigten. (Der juristisch Interessierte mag sich fragen, mit welchem Recht Spinne in den Straßenverkehr eingriff, der an sich zu diesem Zeitpunkt, um 1951, genauso lebhaft war wie heute in Kunming in China, doch das ist eine Frage, die wir uns nie stellten.) Diese unfaßliche Verfolgung traf nicht nur die Schüler von Spinne, sondern jeden, der ihm in den Weg kam. Wir lernten es, ihn wie die Pest zu meiden, rasch die Straße zu wechseln, sobald er auf seinem unheilvollen schwarzen Fahrrad auftauchte, blitzschnell in einer Besenkammer zu verschwinden, wenn er irgendwo auf dem Korridor erschien.

Die Idee, man müsse für Spinne irgendein Verständnis

aufbringen, ist mir heute genauso fremd wie damals. Er war überhaupt nicht verrückt, auch nicht irrational. Er wollte verängstigte und gedemütigte kleine Jungen um sich sehen, und er erreichte dieses Ziel mit Methoden, die auf ihre Art zweckmäßig und systematisch waren. Ich glaube nicht, daß er es in irgendeiner Hinsicht genoß. Seine Tätigkeit war durch und durch lustlos. Es muß im Gegenteil ein ziemlich mühseliges Dasein gewesen sein, das er führte, nicht zuletzt weil er dauernd mit seinen Kollegen in Streit geriet. Ich kann nicht glauben, daß eine übertriebene Fürsorge für Gebäude oder Kinder seine Handlungen diktierte. Das Kollegium verabscheute ihn.

Er wollte es ganz einfach so haben. Spinnes Bosheit war primitiv und unfaßbar, oder anders gesagt, nicht auf etwas anderes reduzierbar.

In Woody Allens genialem Film *Hannah und ihre Schwestern* (Woody Allen ist der einzige mir bekannte moderne Filmregisseur, der sich nach Ingmar Bergman dem Problem des Bösen gewidmet hat) gibt es eine Nebenfigur, einen schwedischen Künstler, kongenial von Max von Sydow gespielt, der seine Lebensgefährtin bei der Heimkehr mit der Mitteilung begrüßt, er habe den ganzen Abend interessante Fernsehsendungen und Diskussionen über nationalsozialistische Vernichtungslager gesehen.

»Alle fragen sich, wie es möglich war, daß so etwas geschehen konnte«, sagt der Mann, der mit Hannahs Schwester zusammenlebt. »Nur ich frage mich anscheinend, warum so etwas nicht viel üblicher ist. Warum es nicht immerzu vorkommt.«

Das ist eine gute Frage. Die Vertragstheoretiker, von Hobbes bis Rousseau, haben ihre Antwort darauf. Die Menschen benehmen sich einigermaßen anständig, weil sie wollen, daß man sich ihnen gegenüber anständig benimmt. Spinne hatte nur die Macht, sensible Jungen zu verletzen. Das Kollegium pfiff auf ihn, der Direktor haßte ihn, seine Tadel hatten in meiner alten Schule nicht den geringsten Einfluß auf das Zeugnis. Aber was wäre passiert, wenn dieser Mann Macht gehabt hätte? Richtige, rohe, diktatorische Macht?

Es gibt, wenn ich es richtig verstanden habe, zwei Haupttypen von Theorien über das moralisch Böse, naturalistische und nichtnaturalistische, also die theologischen.

Für die naturalistischen Theoretiker ist es typisch, daß sie gern die Begriffe »die Bösen« oder »das Böse« vermeiden. Erich Fromm verwendet »destructivness«, und eine englische Autorin in den sechziger Jahren ging so weit, daß sie lieber »weirdness« verwendete als das verhaßte Wertewort. Die naturalistischen Theorien zerfallen in etwas unterschiedliche Kategorien. Es gibt die anthropologischen von dem Typ, den Konrad Lorenz und seinesgleichen gern entwickeln. Unter den anthropologischen gibt es beispielsweise eine aus den fünfziger Jahren, die besagt, der Mensch sei ein Jäger, und Hunderttausende von Jahren der Jägerkultur hätten ihn für ein friedliches Leben weniger geeignet gemacht. Als der lundensische Archäologe Gad Rausing vor einigen Jahren hier zu Besuch war, einer der besten Experten für die paläolithische Jägerkultur und Verfasser einer sehr soliden Dissertation über die Geschichte des Bogens, habe ich ihn zu einem Philosophieseminar über das Problem des Bösen eingeladen. Wir hatten die Ehre und das Vergnügen, ihn in meinem Seminar diese Jägertheorie auseinandernehmen zu hören. (Zu der ganzen Geschichte gehört noch dazu, daß meine Studenten am

Anfang etwas eingeschüchtert waren, da ich diesen ehrfurchtgebietenden und gelehrten Doktor unklugerweise als »My friend Gad« vorgestellt hatte. »Gad« und »God« werden im texanischen Dialekt genau gleich ausgesprochen. Doch dieser Irrtum wurde im Lauf der Diskussion aufgeklärt.)

Gad Rausing stellte fest, es gäbe nicht den geringsten Grund, die Jägerkulturen als kriegslüstern zu bezeichnen. Sie haben nie irgendwelche Befestigungen gebaut. Ihre Pfeile waren nicht dazu geeignet, menschliche Kleidung zu durchbohren.

Der Jäger war in der Regel auch freundlicher zu Tieren, als die Menschen es im allgemeinen sind. In observierbaren Jägerkulturen gehört es nicht selten zum Ritual, das Beutetier dafür um Vergebung zu bitten, daß man ihm das Leben genommen hat.

Dann gibt es noch die ganze Flora von psychiatrischen Theorien über den bösen Menschen, die natürlich auch zu den naturalistischen gehören.

Einige davon wollen das Böse auf »Haß« oder »Aggression« reduzieren. Soweit ich sehen kann, ist das der reine Unsinn. Keine Emotion kann an sich gut oder schlecht sein. Es gibt destruktive Liebe und konstruktiven Haß. Winston Churchills Unterhausreden vibrieren von unterdrücktem Haß auf den deutschen Nationalsozialismus. Wer wagt zu behaupten, diese Aggressivität sei unmoralisch gewesen?

Erich Fromm verwendet die sexualpathologischen Varianten der klassischen Psychoanalyse, um das Böse zu erklären. Stalin wird zu einer sadistischen, Hitler zu einer nekrophilen Persönlichkeit. Beide wollen ein mehr oder weniger passives Triebobjekt, sie können nicht die Wirklichkeit des sexuellen Gegenübers akzeptieren. Diese Theorie kann überzeugend und raffiniert erscheinen, bis jemand auf die Idee kommt zu fragen, warum nicht alle Sadisten und alle Nekrophilen ein Stalin oder Hitler werden. Ganz zu schweigen von der eigenartigen Annahme, Stalin und Hitler könnten Personen, denen sie nie begegnet sind, als Triebobjekt behandeln.

Ich kenne keine naturalistische Theorie, die auf intellektuell redliche Weise mit dem Problem des Bösen fertig wird. Warum dieser Eifer, das Phänomen durch etwas anderes zu ersetzen; anthropologische Muster, Aggression, Sexualpathologie? Es ist, als könne man es nicht ertragen, daß das Böse in seiner ganzen Nacktheit mitten in der Welt existiert.

Hier geht der Riß.

Welcher Riß?

Der, den niemand ernstlich wahrhaben will; der Riß zwischen Philosophie und Theologie.

Von unseren Freunden und Feinden unter den Tieren

Samstag

Im Februar ist der texanischen Landschaft ein ungeheurer Friede eigen und eine spröde, gleichsam ausgelieferte Qualität. Die meisten Bäume entlaubt, silberfarben gegen den klarblauen Himmel. Die für die Jahreszeit charakteristischen Vögel sind die Spatzen, die sich in riesigen Wirbeln über den Feldern bewegen. Im Unterholz all die kleinen stillen Tiere, die genau in dem Augenblick aufspringen, wenn man direkt vor ihnen steht. Ausnahmsweise führen die Bäche Wasser. Dann und wann rennt ein Hase wie ein Verrückter über den Pfad.

Nach dem Lunch in Burnet, einem Ort, in dem man bestimmt keine Fahnen verbrennt und wo zur Zeit jedes Haus die kleine gelbe Schleife trägt, die bedeutet, »Unterstützt unsere Truppen«, und wo der große Lake Buchanan den Winternebel wie eine Decke über sich gezogen hat, geht es weiter Richtung Osten. Nur hin und wieder ein altmodischer Traktor auf der Straße, sanft rollende Hügel und Eichenwäldchen.

Mein Freund James Larson, der alltags als Wasserrichter bei der *Texas Railroad Commission* arbeitet, verbringt oft das Wochenende hier draußen auf einer Ranch, die seinem Schwiegervater gehört. Sie ist so alt, daß sich ein Friedhof aus der Mitte des letzten Jahrhunderts auf dem Besitz befindet. Viele deutsche Namen und einige skandinavische auf den mit Flechten bedeckten, schiefen Steinen.

Jamie hat hier draußen mehrere Rotwildkrippen, und meine erste Aufgabe als Gast – während am Holzfeuer in dem kleinen weißgestrichenen Wohnhaus die Frauen schwatzen und die Kinder herumtoben – ist es, ihm zu helfen, ein paar Futtersäcke in die Krippen zu leeren. Sie sind mit einem langsam tickenden Uhrwerk versehen, das sie mehrmals täglich öffnet und schließt. Seltsame Uhren draußen im Dickicht.

Wir gehen durch vergilbtes Gras, das uns fast bis zur Hüfte reicht, und waten durchs kristallklare Wasser des Bachs. Er sieht aus wie ein Forellenbach, aber keine Forelle würde hier überleben, denn im Sommer trocknet alles aus. Er ist das, was die alten Mexikaner einen *torrente* nennen, ein Wasserlauf, der nur nach einem Gewitter oder unter Umständen im Winter Wasser führt. Aber so weit östlich würde natürlich niemand den spanischen Namen verwenden. Es ist ein *creek*, basta.

Der Lastwagen ist alt, läuft aber wie ein Uhrwerk. Im Gewehrständer am Heckfenster hängt die Schrotflinte, doppelläufig und hübsch bläulich angelaufen, und eine zuverlässige alte Remington. Letztere wegen der Klapperschlangen.

In Schweden gerate ich oft in ökologische Debatten mit Personen, die Kreuzottern totschlagen wollen. Bleiben sie mir in Väster Våla im Rechen hängen, was mitunter vorkommt, schleudere ich sie so vorsichtig wie möglich weg. Stoße ich im Gelände auf sie, nehme ich es mit der Ruhe und mache einen Bogen um sie. Diese armen Tiere können ja genausowenig wie Löwen, Adler und Hyänen etwas dafür, daß sie Symbole geworden sind. Sogar die Kreuzotterbisse, die ich manchmal beim Himbeerenpflücken abkriege, nehme ich mit einem gewissen Gleichmut hin. Ich gehöre zu den glücklichen Menschen, denen ein Kreuzotterbiß nicht viel ausmacht. (Ich vermute, mein Blut enthält Substanzen, die für die Schlange genauso gefährlich sind.)

Bei den hiesigen Klapperschlangen ist von Ökologie keine Rede, und das ist bestimmt gut so. Hat man das Glück, sie rechtzeitig zu sehen, dann nichts wie hoch mit dem Gewehr. James Larson hat mir letzten Sommer eine gezeigt, die er enthauptet hatte. Ein imposanter Leib, lang wie ein Staubsaugerschlauch, doch an der dicksten Stelle fast so dick wie ein Feuerwehrschlauch, enorm muskulös. Und die kleine Klapper, nicht unähnlich einer höchst komplizierten Warzenbildung. Man konnte noch damit klappern. Genau das scheußliche trockene Geräusch, das gewisse Heuschrecken machen.

Als wir an diesem Februartag in das hohe, welkende Gras hinausgehen, legen wir sorgfältig die Schlangenschützer an. Muß ich erklären, was *Schlangenschützer* sind? Kräftige Beinschützer (heutzutage aus hartem grünen Plastik, früher aus feinmaschigem Metalldraht), die bis über die Knie reichen. Man sieht darin ein bißchen aus wie ein Eishockeytormann. Stiefel nützen überhaupt nichts. »Der Kopf einer ausgewachsenen Klapperschlange ist so groß wie meine Faust«, sagt James (der ein sehr kräftiger Mann ist), »und wenn sie zubeißt, geht es durch Leder so leicht wie durch Stoff.«

Man fragt sich unwillkürlich, wie es wohl den Siedlern des 19. Jahrhunderts hier in der Burnetgegend ergangen ist, wenn die kleinen Kinder im Gras herumliefen und spielten.

Mit Klapperschlangen scherzt man nicht. Man tötet sie, oder man verschwindet schnell wie der Teufel, wenn man das Glück hat, sie rechtzeitig zu bemerken. Vor etwa einem Jahrzehnt habe ich die Wirkung einer Klapperschlange an einem großen, kräftigen Hund beobachtet. Er gehörte übrigens John Weinstock, und die Schlange hat ihn gebissen, während wir in der Nähe eines ausgetrockneten *creek* im nördlichen Austin Tennis spielten, mitten in der Vorstadtsiedlung. Innerhalb von einer Minute setzten bei dem Hund Atembeschwerden ein, und Krampfwellen durchliefen den großen, starken Körper von oben bis unten. Er hat überlebt, weil wir ihn rasch zum Tierarzt brachten, der sofort einen Luftröhrenschnitt machte und einen Atemtubus einführte. Vermutlich hat er ihm auch ein Arzneimittel gegeben, aber davon weiß ich nichts. Der Hund, ein Spitz, war so angeschwollen, daß er noch zwei Wochen danach aussah wie ein englischer Bluthund.

Man hofft ja wirklich von Herzen, daß man nicht dieselben Wirkungen bei einem Menschen sehen muß. Offenbar ist es so, daß heute die meisten überleben, dank Ambulanzhubschraubern und modernen Medikamenten, aber oft ist eine Amputation der angegriffenen Gliedmaßen nötig. Das Gift dringt angeblich mit enormer Geschwindigkeit ins Gehirn vor.

Was erzähle ich da für scheußliche Geschichten! Man könnte also sagen, an der Klapperschlange ist interessant, daß sie nicht nur ein Symbol ist, sondern auch eine Wirklichkeit.

Dabei kommt mir das schöne und ein bißchen unheimliche Gedicht »Bert Kessler« aus Edgar Lee Masters *Spoon River Anthology* in den Sinn. Edgar Lee Masters, 1869–1950, ist einer der Pioniere der modernen Lyrik. Es ist also ein toter Mann, einer der vielen Toten auf einem Kleinstadtfriedhof im Süden, der spricht. In der Art des griechischen Epigramms spricht der Tote von sich selbst.

Ich schoß eine Wachtel an
sie flog in die untergehende Sonne;
und als das Echo des Schusses die Gegend überrollte
taumelte der Vogel immer höher im goldenen Licht
bis er endlich die Flügel zusammenfaltete
und von der Schwerkraft gepackt wie ein Stein zu Boden fiel.
Ich trampelte im Gras herum und suchte in den Büschen
bis ich zuletzt auf einem Blatt einen Blutfleck entdeckte
und die Wachtel tot zwischen modernden Wurzeln liegen sah.
Ich streckte die Hand aus und spürte plötzlich einen Stich
konnte aber keinen Dorn entdecken.
Doch gleich darauf sah ich eine Klapperschlange
mit weitgeöffneten, stieren gelben Augen
die den Kopf auf den eingerollten Leib zurücksinken ließ.
Sie glich einem aschgrauen Schmutzhaufen
oder einem Haufen vergilbten, welken Laubs.
Ich stand wie versteinert und ließ die Schlange
ungehindert ihren Weg ringeln
während ich starr ins Gras niedersank.

Jamie hat mir etwas Lustiges gezeigt. In einer der Tränken, einer großen Zementwanne, für die Kühe mit Wasser gefüllt, wimmelt es förmlich von Goldfischen. Wie sie da hineingeraten sind, weiß er nicht genau. Goldfische, für gewöhnlich äußerst pingelig mit Wasser und Temperatur, leben quietschvergnügt in dieser schlammigen, undurchsichtigen Brühe. Und wie zum Teufel sie den Sommer überleben, wenn sich das Wasser auf fünfundzwanzig Grad oder mehr erwärmt, versteht kein Mensch. Benjamin hat mich bereits überredet, fünf oder sechs für unser Aquarium mitzunehmen, wo die verdammten Sensibelchen aus der Tierhandlung wie die Fliegen an ständig wiederkehrenden, unfaßlichen Seuchen sterben.

Leibniz teilt das Böse in drei Arten ein. Das moralisch Böse (wie Spinne), das natürlich Böse (Vulkane und Klapperschlangen) und das metaphysisch Böse. Das metaphysisch Böse ist bei Leibniz ein interessanter und nicht ganz leicht zugänglicher Begriff. Es besteht darin, daß wir nicht wie Gott sind, daß wir unzulänglich sind, unvollkommen, und für Leibniz' Denken ist diese Unvollkommenheit ein Unterschied zwischen dem Wissen Gottes und unserem.

Das natürlich Böse behandelt er auf eine Art, die der von Linné und einigen modernen Ökologen gleicht. Es gibt ein Gleichgewicht in der Natur, das nicht gestört werden darf. Die Klapperschlange ist nicht böse. Verursacht sie Unfälle, dann deshalb, weil wir sozusagen unsere Befugnisse überschritten haben und in ihr Revier eingedrungen sind.

Mikroorganismen waren zu Leibniz' Zeit nicht bekannt: man fragt sich, was er zu Virusinfektionen gesagt hätte.

Aber es ist wohl vernünftig, zwischen dem moralisch und dem natürlich Bösen zu unterscheiden. Eine Schlange ist kein moralisches Subjekt; was immer sie unternimmt, ihre Handlungen lassen sich nicht mit einem moralischen Prädikat versehen.

Montag

Tiere sind nicht imstande, moralische Subjekte zu sein. Daher können sie auch keine Rechtssubjekte sein. Und das ist ein klassisches Problem. Denn sind sie keine Rechtssubjekte, besitzen sie auch keine Rechte.

Im reichsdeutschen Strafgesetz vom 15. Mai 1871 gehört Tierquälerei zu den kodifizierten Verbrechen. Es ist ein Gesetz, das seinerseits auf die preußischen Jagdgesetze aus der Zeit Friedrichs des Großen zurückgeht. Doch Tierquälerei, die im übrigen nicht besonders streng bestraft wird, liegt nur vor, wenn sie in Anwesenheit einer anderen Person geschieht, die darunter leiden oder daran Anstoß nehmen könnte. Das Verbrechen ist also ein Verbrechen am Zuschauer, nicht am Tier. Im Prinzip darf man also ein Tier beliebig quälen, wenn es unbeobachtet geschieht.

Das Bizarre ist, daß Anfang der dreißiger Jahre um dieses Gesetz und die darin enthaltenden Probleme in deutschen Juristenkreisen eine heftige Debatte entbrannte. Mehrere Theoretiker behaupteten, es müsse ein »Recht des Tieres« geben, und das mittelalterliche deutsche Recht habe dies anerkannt, während andere das genauso energisch bestritten. Gewöhnlich mit dem Argument, ein Tier könne kein Rechtssubjekt sein.

Das deutsche Tierschutzgesetz, welches das alte ersetzte, stammt vom 24. November 1933. Die Einführung wurde tatsächlich von der nationalsozialistischen Regierung beschleunigt. Es enthielt mehrere Neuerungen. Eine davon ist, daß das Quälen eines Tiers jetzt nicht mehr ein Verbrechen am Zuschauer ist, sondern gegen ein Staatsinteresse verstößt. Eine andere ist natürlich das gegen die Juden gerichtete Verbot der »Ritualschlachtung«, in den Vorarbeiten des Gesetzes (fälschlich) als für die Tiere extrem qualvoll dargestellt. Das Strafmaß wird verschärft. Das neue Regime benutzt das neue Tierschutzgesetz als politisches Instrument für den Antisemitismus. Und es kommt zu der paradoxen Situation, daß Tiere in Deutschland ab November 1933 einen besseren Rechtsschutz genießen als Juden.

Dienstag

Mit meinen Studenten habe ich heute nachmittag im Zusammenhang mit Montesquieu das Recht der Tiere diskutiert. Die Studenten, die gegenüber der ganzen Idee erstaunlich skeptisch waren, hatten mehrere gute Ideen. Eine davon war, man könne das Recht der Tiere nicht auf ein utilitaristisches Räsonnement gründen. Der Utilitarismus, sagte Steven, führe auf diesem wie auf anderen Gebieten zu einer unzulässigen Mehrheitsherrschaft. Die Minderheit der Tiere werde durch die Mehrheit der Menschen unterdrückt.

Wenn nur der Nutzen zählt, kann es ja kein Fehler sein, eine ganze Art auszurotten. Es gibt Arten, beispielsweise das Nashorn, die uns ein gewisses Vergnügen bereiten, wie auch der schwarze Reiher und der Kranich. Die Kinder können sie zumindest im Zoo betrachten. Okay, das ermöglicht dann eine Nutzenmotivierung. Aber was ist mit Klapperschlangen und Feuerameisen? Stellt ihre Existenz als Art einen Wert dar, muß es ein Eigenwert sein, den man auf außermenschliche, also nichtutilitaristische Weise definieren muß.

Das ist ziemlich findig. Was er sagt, wird tatsächlich zu einem werterealistischen Argument.

Wir listeten verschiedene Niederträchtigkeiten auf, die man an Tieren begehen kann:

1. die Art ausrotten;
2. Schmerzen oder Krankheiten ohne rationale Gründe zufügen;
3. Schmerzen oder Krankheiten mit rationalen Gründen zufügen;
4. das Tier seiner natürlichen Lebensbedingungen berauben.

Bei Nummer eins und zwei sind sich wohl alle (theoretisch) einig, daß sie dagegen sind und daß ein Verbot mit keinem anderen moralischen Prinzip in Konflikt kommt. Bei Nummer drei sind die Meinungsverschiedenheiten hitzig. Soll man auf wissenschaftliche Tierversuche verzichten, auch wenn sie zu Mitteln verhelfen, um schmerzhafte und destruktive Krankheiten wie Aids und Krebs zu bekämpfen? Auch diese Frage wird natürlich zu einem Test für den Utilitaristen. Wieviel Schmerzen ist er bereit, einem unschuldigen Tier zuzufügen, um Schmerzen vorzubeugen?

Nummer vier ist interessanter, als es auf den ersten Blick den Anschein hat. Nehmen wir die armen Hühner in den modernen Tierfabriken, Geschöpfe, die ihr kurzes Leben nur bei künstlicher Beleuchtung verbringen, künstliches Futter fressen, vermischt mit ziemlich großen Dosen Antibiotika, mit anderen Worten als eine Art Gewebepräparat behandelt werden, wobei das Gehirn eigentlich nur im Wege ist.

Diese Tiere empfinden keinen Schmerz, und es ist wohl vernünftig anzunehmen, daß sie keine Ahnung haben, was ihnen entgangen ist an sexuellen und kulinarischen Freuden des Lebens. Das subjektive Kriterium entfällt also, oder, wie ein Student es ausdrückte: sie leiden nicht.

Die Deprivation, oder Beraubung, ist eine objektive Tatsache, zu der sie keinen Zugang haben. (Ungefähr wie die alte Dame in einer klinischen Erzählung von Oliver Sacks, die bei ein und derselben Gehirnblutung zugleich das Augenlicht und alle visuellen Erinnerungen verlor.)

Trotzdem finde ich es immerhin ganz plausibel zu sagen, daß an diesen armen Tieren ein moralisches Unrecht oder eine moralische Kränkung begangen wurde.

Wieder könnte man sagen, ein Punkt für den Wertrealismus.

Ein Argument, das von dem ganzen Seminar einhellig abgelehnt wurde und das man oft hört, lautet, wir sollten auf die Rechte der Tiere pfeifen, solange es um die der Menschen schlecht bestellt ist. Alle meinten, das sei genauso unhaltbar, wie zu behaupten, wir sollten uns einen Dreck um die Probleme von Äthiopien kümmern, solange wir nichts für die Probleme von Mauretanien getan haben.

Mittwoch

Wie ungeheuer wichtig sind doch die Tiere für unser Selbstverständnis als Menschen! Ich denke an mittelalterliche Bestiarien, Tierfabeln und die Symboltiere; Taube und Adler, Wolf und Lamm, Schlange und Biene und die fleißige Ameise. Könnte man sich eine Welt ohne Tiere vorstellen? Oder, um mich nun selber zu zitieren (ich werde allmählich so alt, daß ich manchmal auf Schleichwegen zu einem alten Gedanken zurückfinde und erstaunt wie ein Waldspaziergänger die wohlbekannte Lichtung sich öffnen sehe), hätte es nicht die Säugetiere gegeben, diese liebenswerten Karikaturen unseres eigenen Körpers, bei Kindern so beliebt, wäre die am nächsten stehende Art so fern wie die Ameisen – wie würden wir uns dann selbst betrachten?

Ich gehe jetzt hinaus und gebe dem Hund Wasser, füttere meine fünf Goldfische und sehe nach, ob Benjamins Kaulquappe in dem Evianwasser zappelt, das ich gekauft habe, einzig und allein zum Wohlbefinden dieser kleinen Kreatur.

Contradictio in adjectu

Montag

Endlich, nach Wochen um Wochen mit fünfunddreißig bis vierzig Grad, beginnen die Kaltfronten des Septembers über das dürre Land hinwegzurollen! Was für eine Erleichterung! Es regnet die ganze Nacht, daß es nur so in den Fallrohren dröhnt, plötzlich ist es wieder leicht zu schlafen, und man kann die Sprinkleranlage im Garten abschalten. Jetzt ist es so nah an einem Herbst, wie man in diesem aberwitzigen Klima kommen kann, oder jedenfalls an etwas, daß von fern einem Jahreszeitenwechsel gleicht.

Das texanische Jahr mit seinen sieben Monate langen Sommern ist ein Verrückter, der zwischendurch versucht, das richtige Jahr zu imitieren.

Im Auto, unterwegs zur Vorschule, diskutieren wir am nächsten Morgen über den Regen. Die Erwärmung von Seen und Meeren, besonders im Golf von Mexiko, sage ich, habe zur Folge, daß eine Menge Wasser in die höheren Luftschichten aufsteigt und dort bleibt, bis eine Kaltfront die Verdichtung und den Niederschlag desselben Dampfs bewirkt.

Eine ziemlich interessante Theorie, sagt Benjamin, aber leider falsch. Der Regen müsse von den vielen Duschen in den vielen Häusern kommen. Besonders wenn die Leute vergessen, die Badezimmerfenster zu schließen. Das würde doch jedem auffallen, daß der Regen genauso aussieht wie Wasser beim Duschen.

Ich argumentiere ein bißchen. Weise auf die außerordentliche Häufigkeit des Phänomens hin, bemerke, daß wir selten Regen in einer Höhe von dreißigtausend Fuß sehen, wenn wir im Flugzeug sitzen, hingegen manchmal bei zwanzigtausend Fuß und den ganzen Weg abwärts, wo es logischerweise keine Duschen geben kann. Ich merke, ich werde allmählich dogmatisch und argumentiere ungefähr wie ein Scholastiker.

Benjamin, der am Sonntag vier Jahre alt wird, zieht in Debatten nicht gern den kürzeren, schon gar nicht gegen einen Dogmatiker, also einigen wir uns auf einen Kompromiß. Regen wird durch Kaltfronten verursacht, die auf den sich verdichtenden Wasserdampf einwirken, dabei bleibt aber unbedingt zu berücksichtigen, daß die Duschen auf dieses Phänomen einen entscheidenden Einfluß ausüben.

Dienstag

Nachmittag an der Universität. Anfang des Semesters werde ich immer überschwemmt mit Formularen, die ich auszufüllen habe. Studenten sollen für Marshallstipendien vorgeschlagen werden, und die Kollegen aus dem Vorstand wollen unwahrscheinlich viel über meine Aktivitäten und den möglichen Mangel an Aktivitäten wissen. Formulare ausfüllen war in meiner Jugend leicht, als es noch Schreibmaschinen gab, aber wie füllt man Formulare mit dem Computer aus?

In einem anderen Institut, dem germanistischen, entdecke ich in einer Ecke eine gediegene altmodische Schreibmaschine. Es ist genau wie beim Schwimmen. Man kann jahrelang auf diese Kunst verzichten, und trotzdem sitzt sie in den Muskeln, wenn man ins Wasser springt. Wie leicht tanzt sich da der Walzer, wie sicher finden doch die Finger diese archaischen alten Handgriffe! Mich überfällt eine plötzliche Lust, in Stockholm eine richtige alte Halda zu kaufen und sie mitten zwischen den Bildschirmen in meinem Arbeitszimmer aufzustellen. Das altmodische Geklapper ist so anders als das stille Rauschen des Computers und das leise Klacken der Tastatur beim Schreiben. Und die kleine Klingel, die triumphierend mitteilt, daß man am Ende einer Zeile angekommen ist, wirkt so ermunternd.

Auf dem Tagesprogramm steht ein Text des feinen Philosophen aus dem 17. Jahrhundert, Nicolas Malebranche, der »Dritte Dialog« aus seinem *De la Recherche de la Vérité*. Und wir stellen uns die Frage, wie es eigentlich kommt, daß wir Vernunftargumente als *zwingend* betrachten. Einer meiner Studenten trägt die Idee vor, das müsse letzten Endes mit dem menschlichen Unvermögen zu tun haben, innere Widersprüche auszuhalten.

Das ist bestimmt ehrgeizig gedacht, aber auch ein bißchen jugendlich. Wenn mich mein längeres Leben etwas gelehrt hat, dann dieses, daß das menschliche Vermögen, mit inneren Widersprüchen zu leben, praktisch unbegrenzt ist.

In den sechziger Jahren, als ich Redakteur von *Bonniers Litterära Magasin* war, hatte ich zwei Freunde, Björn und Sven. Björn war Marxist, auch Kommunist, vermute ich, und gläubiger Katholik. Als Marxist war er davon überzeugt, Produktionsweise, Produktionsmittel und Produktionsverhältnisse seien die ausschlaggebenden Faktoren für die Geschicke der Weltgeschichte. Als Katholik mußte er natürlich genauso überzeugt davon sein, daß der Schöpfer Herr der Weltgeschichte ist und daß nichts aus dieser Geschichte hervorgeht oder verschwindet, ohne daß Gott es will. Ich glaube nicht, daß dieser Widerspruch ihn auch nur einen Augenblick gestört hat, und wenn man ihn darauf hinwies, antwortete er gewöhnlich mit einem ironischen kleinen Lächeln, wie man es nur für Kinder oder für Schwachsinnige hat.

Mit Sven verhielt es sich so, daß er einerseits Marxist war, andererseits Christ (vom lutherischen Modell), und außerdem tief überzeugt von der Richtigkeit der Psychoanalyse Sigmund Freuds. Wenn die letztere zutrifft, sind die Menschen sich der Motive ihrer Handlungen größtenteils nicht bewußt, und die Sexualität ist die fundamentale Triebkraft der Zivilisation. Dies hielt Sven nicht davon ab, praktisch alles, was geschah, als Folge des amerikanischen Imperialismus zu erklären.

Okay, Kausalerklärungen sind ein bißchen speziell, sagt da einer.

Okay, sage ich auch, sehen wir uns ein anderes Gebiet an: moralische Aussagen. Eine sehr übliche Kombination, besonders unter jungen Menschen an der Universität, sind der Radikalpazifismus, die totale Ablehnung der Todesstrafe und die tiefe Überzeugung, Abtreibungen seien nur durch die freie Wahl der Kindsmutter zu entscheiden. Dies bedeutet ja, wie jeder verstehen kann, daß man der Ansicht ist, keinem einzigen Soldaten der irakischen Armee dürfe ein Haar gekrümmt werden, wie völkerrechtswidrig sie auch auftreten. Und kein individuelles Verbrechen könne so abscheulich oder gemeingefährlich sein, daß es zum Tode führen sollte. Andererseits könne buchstäblich jeder beliebige zu einem sehr frühen Zeitpunkt seines Lebens umgebracht werden, wenn, und nur wenn seine Mutter es will.

Jemand, der sich getroffen fühlt, mag einwenden, die Kombination Freund der Verteidigung, Anhänger der Todesstrafe und absoluter Gegner von Abtreibungen (sehr üblich bei älteren und gewöhnlich erfolgreichen Texanern) sei auch nicht ganz widerspruchsfrei. Und das ist wohl wahr. Wenn man behauptet, unter extremen Umständen könne es gerechtfertigt sein, einen Menschen zu töten (extrem in der Weise, wie Krieg oder gesellschaftliches Leben extreme Umstände hervorbringen können), müßte es doch auch plausibel sein, wenigstens mitunter Verständnis für Abtreibungen aufzubringen.

Mittwoch

Habe in Clarkesville Spinatsamen gekauft, denn Benjamin will stark werden, sehr stark, ja, stark wie der Teufel. Er sieht viele Filme mit Pop-Eye oder Karl-Alfred, wie er auf der Comicseite der Zeitungen hieß, als ich klein war. Ein sehr antiker Held mit einer Verwandtschaft zu Antäus, der seine Mutter Erde berühren muß, um wieder stark zu werden.

Karl-Alfred ißt statt dessen Spinat. Wir haben ihn zwischen die Rosen gesät, und jetzt warten wir ab. Wärme und Wasser, sage ich zu Benjamin. Was für ein wunderbares Alter, so um vier Jahre herum, wenn man tatsächlich merken muß, von Tag zu Tag, wie man stärker *wird*.

Mein Freund G. sagt gern, der Mensch *kulminiere* mit vier. Ein schwer zu widerlegender Satz.

Ich habe weiter über das Thema Widersprüche nachgedacht. Die Belletristik interessiert sich nicht besonders für die Art von Widersprüchen, die ich beschrieben habe: unvereinbare Ansichten zu haben. Wovon eine Menge langweilige Romane handeln, ist vielmehr der scheinbare Widerspruch zwischen dem Ideal einer Person, ihren moralischen Aussagen et cetera, und ihren Handlungen. Doch das ist ja kein echter Widerspruch. Man kann sehr wohl andere Leute auffordern, mit dem Rauchen aufzuhören, und selber weiterrauchen, man kann ein Sittlichkeitsfanatiker sein und nach Einbruch der Dunkelheit kleinen Jungen im Gebüsch nachstellen. Das mag irgendwie falsch sein, aber in dem Fall ist der Fehler kein Widerspruch. Man kann durchaus eine Norm oder ein Ideal aussprechen, und dann auf eine völlig andere Art handeln. Schließlich ist der Mensch kein Computerprogramm, das blind den Instruktionen folgt. In der Möglichkeit zu sagen, »A ist eine moralische Pflicht«, und dann total auf A zu pfeifen, besteht der freie Wille. Viele Moraltheorien scheitern, weil sich zu guter Letzt herausstellt, wären sie korrekt, wären die Menschen moralische Automaten.

Wie führt man interessante Widersprüche bei, sagen wir, einer erdichteten Person ein? Man muß auf raffiniertere Weise vorgehen. Der Widerspruch muß sozusagen zentraler liegen als beim gewöhnlichen Heuchler. Der feine Studienrat, christlicher Humanist, der im Jahr 1940 Albert Schweitzer genauso aufrichtig bewundert wie Adolf Hitler? Oder, um einen Typus zu nehmen, den ich aus eigener Erfahrung kenne und nicht bloß erfinde, der Verleger V.

V. ist die ganze Zeit, seit den fünfziger Jahren bis zum Fall der Mauer, ein aufrichtiger Bewunderer der Deutschen Demokratischen Republik. Er hat dort eine Menge Freunde, er setzt sich dafür ein, daß dieser Staat von der schwedischen Regierung anerkannt wird, und nachdem das geschehen ist, geht er regelmäßig zu den Cocktailempfängen der neuen Botschaft. Er verteidigt dieses Ostdeutschland, das er stark idealisiert, gegen alle Angriffe. Gleichzeitig, und das ist das Interessante, setzt er sich genauso eifrig für Dissidenten ein. Er macht eine wirkliche, nicht nur imaginäre, Anstrengung dafür, daß sie in seiner eigenen Sprache erscheinen, er schmuggelt Manuskripte und besucht sie in ihren Mansardenzimmern.

Schoßhunde wie Hermann Kant und Christa Wolf gewinnen seine Freundschaft in ebensolchem Grad wie Dissidenten, zum Beispiel Reiner Kunze und Heiner Müller.

Für V. sind die Dissidenten irgendwie gleichrangig mit all den anderen. Sie sind genauso sympathisch und spannend und stimulierend wie die hohen neuen Mietshäuser für Parteifunktionäre unten an der Fischerbrücke. Beide sind sozusagen Qualitätsprodukte desselben Milieus und gleichermaßen mit Bewunderung und Respekt zu behandeln.

Donnerstag

Fast alles, was ich bisher über Widersprüche geschrieben habe, ist belanglos, wenn man nicht versteht, daß das Widersprüchliche in der Sprache dessen, der selbst widersprüchlich ist, im allgemeinen *etwas völlig anderes* bedeutet und überhaupt kein Widerspruch sein muß.

Freud berichtet im Zusammenhang mit seiner Selbstanalyse, er habe stets das Bedürfnis nach einem richtig guten Freund und einem richtig gräßlichen Feind gehabt. Und in der Analyse stellt sich heraus, es ist dieselbe Person, nämlich sein Bruder.

So sieht ein echter Widerspruch aus, einer, der wirklich zählt.

Abends eine ausgezeichnete Diskussion im Doktorandenseminar über Platons *Staat*, Kapitel zehn. Was mich bei den etwas reiferen Studenten von heute beeindruckt, sind nicht nur ihre hervorragenden Kenntnisse des Griechischen, auch nicht ihre Analysen, sondern der echte Enthusiasmus, den Platons Begriffswelt bei ihnen auslöst. Sie verwenden Begriffe wie »Tugend« und »Seele«, als hätten sie nie etwas anderes getan.

Die griechische Philosophie steht ihnen insgesamt viel näher als meiner Generation von Uppsalastudenten, und sie lieben sie mit wahrer Leidenschaft. Wenn das so weitergeht, stehen wir wohl allmählich vor einer neuen, idealistischen Ära in den USA, vergleichbar nur mit dem deutschen Idealismus bei Lessing und Kant. Es würde mich keinen Augenblick wundern, hätte ich tatsächlich recht.

Freitag

»Der Herbst«, der am Montag kam, war kein Scherz, auch wenn er keine große Ähnlichkeit mit einem richtigen Herbst hatte. Es wird jetzt allmählich »kühl«, das heißt, die Nachmittagstemperatur liegt etwa bei 30 Grad statt bei 36–38. Der Unterschied ist subjektiv viel größer, als es in Zahlen scheint. Das brennende Gefühl, jedesmal wenn man zur Tür hinausgeht, ist verschwunden. Die Luft ist nicht mehr ein feindliches Element. Die Vögel haben wieder ihren Schattengesang.

Eine von meinen zehn Tomatenpflanzen hat die Hundswochen heil überstanden. Ich habe sie heute versorgt. Die Idee, die Natur zu überlisten und im Oktober eine zweite Tomatenernte zu erhalten, sagt mir zu.

Dies *ist* wirklich der Frühling, den der Schwache Herbst nennt.

Svea, Mutter von uns allen

Donnerstag

Ich weiß nicht, ob es schon jemandem aufgefallen ist, aber sehr alte Menschen umgeben sich gern mit Uhren. In ihren Wohnungen tickt es in jeder Ecke. Entweder ist es so, daß Uhren sich für gewöhnlich in einem jeden Leben ansammeln, je länger es währt, oder für die Alten ist Zeit etwas besonders Offenkundiges.

In der Hagagatan in Stockholm, wo die Stadt sehr großstädtisch ist, fast wie Berlin oder Paris, stehen die hohen, schweren Häuser dicht an dicht, die Treppenaufgänge sind eng und die Aufzüge klein. Vilhelm Moberg hatte hier einst seine Stadtwohnung.

Meine Tante Svea öffnet äußerst vorsichtig die Tür, mit ihren 84 Jahren ist sie nicht gerade begeistert von improvisierten Besuchen und überraschenden Gästen. Auf Bildern aus den zwanziger Jahren ist sie ein wirklich sehr hübsches Mädchen, mit langen, dichten Haaren und hohen Backenknochen – das Foto steht auf der Kommode. Heute fallen mir vor allem ihre Augen auf. Die Pupillen sehr groß und dunkel, wie bei allen Menschen, die am Star operiert wurden, aber wach, ganz hellwach. Ihre Arme sind dünn und runzlig, und ich betrachte sie mit besonderer Faszination, da ich weiß, daß diese einst kräftigen, sonnengebräunten Arme, wie sie in den dreißiger Jahren waren, mich im Sommer auf dem Lande herumgetragen haben. Ich erinnere mich an diese ursprünglichen Arme, stark, wohlduftend, beruhigend. Diese Tante ist so alt wie das Universum, das heißt, das Universum, das ich kenne.

Tante Svea bemerkt, mein Bart sei nicht ganz so schrecklich, wie sie ihn sich vorgestellt habe. Ich sage, ich würde ihn mittlerweile wegen der Wärme ziemlich kurz tragen. Für Tante Svea wie für meine Großmutter Tekla, bereits 1870 geboren, ist ein Bart ein Zeichen von mangelnder Modernität, bedenklicher Verwahrlosung und Hinterwäldlertum. In Schweden muß es zwischen 1900 und 1920 eine phantastische Werbekampagne für Gillettes Rasierklingen gegeben haben.

Die Küche ist voll mit freundlichen Topfpflanzen, der Tisch ist gedeckt, die Kartoffeln auf dem Herd, die Bierflasche an ihrem Platz. Man gerät leicht ein bißchen aus der Fassung, wenn ein alter Mensch sich soviel Mühe gemacht hat. Ein Gang zum Lebensmittelladen ist für Tante Svea natürlich eine ähnliche Leistung wie für mich ein Dauerlauf von zehntausend Metern.

Außerdem: wenn ich laufe, tue ich das mit der größten Ruhe und ohne Angst vor anderen Menschen. Tante Svea sagt mir, sie habe immer Angst, wenn sie in der Stockholmer Innenstadt unterwegs ist, niedergeschlagen, ausgeraubt, auf dem Zebrastreifen überfahren zu werden. Nach Einbruch der Dunkelheit sei sie seit zwanzig Jahren nicht mehr außer Haus gewesen, außer im Taxi zum oder vom Hauptbahnhof. Wie viele ältere Einwohner in modernen Großstädten leben mit diesen selbstauferlegten Einschränkungen, dieser Furcht vor einer höchst realen Straßenkriminalität? Zählt man die USA dazu, müssen es viele Millionen sein, die sich nicht auf Straßen wagen, für die sie selber mitbezahlen! Was für eine Barbarei, daß man das duldet! Die einzige Umgebung, in der ich richtig alte Menschen friedlich in der Dämmerung spazierengehen sah, ist die Innenstadt von Paris. Was unterscheidet sie von den anderen?

Ein alter Mensch ist kein Mensch besonderer Art, hat mein Freund, der belgische Philosoph Andries MacLeod, mir in Uppsala geduldig erklärt. Ein alter Mensch ist ein ganz gewöhnlicher Mensch, dem du zufällig zu einem extremen Zeitpunkt seines Lebens begegnest.

Für MacLeod war es leicht, das so zu sehen, weil seine Philosophie darauf ausgerichtet war, daß die Zeit zu einer unveränderlich endlichen Qualität in seinem Universum wurde. Richtig oder falsch, sie ist eine nützliche Gedankenübung, die man an öffentlichen Schulen lehren sollte. Falls ich den Vorzug habe, lange zu leben, wird der Tag kommen, an dem auch ich es nicht wagen werde, ohne Angst durch die Straßen zu spazieren. Der übliche, zwanglose kleine Schwatz, den man dabei mit fremden Menschen führt, einer Hundebesitzerin, einem Briefträger, einem Jogger, und der eine Art Kleister für das Alltagsleben darstellt, wird dann zu einem seltenen Luxus. Türen werden verrammelt, Fenster zugeklebt, Nachbarn werden auf Geräusche aus der Außenwelt reduziert.

Tante Sveas Wohnung ist vollgestopft mit Gegenständen. Kleine Porzellanfiguren aus Dresden, Lampen unzähliger Sorten, Gemälde von unterschiedlicher künstlerischer Qualität. Die Alten halten sich an den Dingen fest, ungefähr als wären sie topologische Invarianten in einem teilweise unfaßbaren Raum, der sich in alle Richtungen krümmt und ausdehnt. Ich denke mir, sie haben eine ähnliche Funktion wie die Seezeichen entlang der Fahrrinne an einem Tag mit schlechter Sicht.

Tante Svea müßte theoretisch für die schwedische Sozialdemokratie als Idealwählerin gelten. Ihre ganze Jugend lang hat sie hart gearbeitet, in verschiedenen kleinen Landwirtschaften in Småland und Västmanland, und nach dem Tod ihres ersten Ehemanns saß sie jahrzehntelang am Montageband von Lumas Lampenfabrik draußen in Stadsgården, bis ihr zweiter Ehemann, der Eisenbahner war, meinte, sie könne daheim bleiben.

Doch wenn man mit ihr über schwedische Politik redet, bekundet sie eine solche dumpfe Bitterkeit über die sozialdemokratische Partei und das ganze Projekt Wohlfahrtsstaat, daß es sogar mich erschreckt.

In jeder vernünftigen Bedeutung des Wortes gehört Tante Svea zur arbeitenden Bevölkerung, die theoretisch vom sozialdemokratischen Projekt profitieren müßte. Aber das kann man nicht glauben, wenn man hört, mit welchem Zorn sie von Verwandten und Freunden berichtet, die ihre Sommerhäuschen verkaufen mußten, um das Geld für Staroperationen aufzubringen, alten Ehepaaren, die durch die Kosten für die Langzeitpflege ruiniert wurden, und brutalen Steuernachforderungen an Achtzigjährige. Ich habe mit Mitgliedern von nationalen Widerstandsbewegungen in der Dritten Welt gesprochen, die sich ruhiger und milder über ihr vermeintliches oder tatsächliches Unterdrückerregime geäußert haben als Tante Svea über den Provinziallandtag von Stockholm.

Ich frage mich manchmal, ob es den Herren klar ist, welche wirklich haßerfüllte, erbitterte Widerstandsbewegung sie in älteren Menschen aus dem Volk wie Tante Svea gegen sich haben. Diese lassen sich nicht durch Rentenversprechungen von 150 Kronen hin oder 150 Kronen her beeindrucken – sie merken eher die Absicht und sind verärgert. Sie demonstrieren nicht auf den Straßen und halten selten öffentliche Versammlungen ab. Aber sie sind da, und sie reden immerhin miteinander.

Da ich jedes Jahr einige Sommerwochen lang in Schweden auf dem Lande wohne, kenne ich ziemlich viele solcher Menschen. Nach dem abstrakten Modell müßten sie engagierte Sozialdemokraten sein, tatsächlich sind sie aber voller Haß gegen die gesamte sozialdemokratische Nachkriegspolitik.

Sie bestätigen, was ich schon immer geargwöhnt habe: das Bild der Politologen vom Volk ist – genau wie das der Politiker – eine eigenartige Abstraktion, die fast nichts zu tun hat mit der wirklichen Bevölkerung, ihren Meinungen und Gruppierungen. Das Bild vom Volk ist ein Bild der Obrigkeit: Warum verlangen sie nach *Brot*? Können sie nicht statt dessen Kuchen essen?

Sonntag

Spaziere durch ein ungewöhnlich friedliches und erholsames Paris, wo nasse Kastanienblüten wie Kandelaber im Regen stehen, und grübele immer noch über Tante Svea nach.

Mein ganzes Leben lang – außer vielleicht während der Militärzeit – habe ich irgendeiner Elite angehört. Zuweilen bin ich von einer elitären Eisscholle zur anderen gesprungen. Doch ich habe immer einer Art von Tüchtigkeitskultur angehört. Sogar die schlimmsten Dreckskerle sind geneigt, sich immerhin *anzuhören*, was ich zu sagen habe. Schließlich besteht immer die Gefahr, daß sie in einem Roman landen, falls sie es nicht tun. Ich bin es gewöhnt, freimütig Behörden anzurufen und sie zu beschimpfen, daß es kracht, wenn ich mich ungerecht behandelt fühle. Im Fall einer ernstlichen Unzufriedenheit habe ich stets das Land wechseln können, was ich einige Male getan habe. Sogar die Paßkontrolleure an Grenzübergängen behandeln mich höflich und zuvorkommend. Wie ein Wasserläufer bewege ich mich mit raschen Schritten auf der Oberflächenspannung der Gesellschaft. Tante Svea hingegen hat ihr ganzes Leben zwar nicht am Boden, aber unten in der Tiefe verbracht, allen Strudeln der Gesellschaft und ihrem totalen Druck ausgeliefert.

Ich habe gerade die Memoiren des ehemaligen Finanzministers Kjell-Olof Feldt aus den Jahren 1982 bis 1990 gelesen, ein aufrichtiges Buch, geschrieben von einem kühlen Mann mit dem Temperament etwa eines Revisors und – da mache man sich nichts vor – all den Vorurteilen und Dogmen, die typisch sind für einen Sozialdemokraten seiner Generation. Was er schildert, ist eine Welt, gesehen aus der Perspektive des Finanzministeriums. Über Wahlen, Regierungsumbildungen und ständig andauernde Konflikte zwischen einer ökonomischen Wirklichkeit und einer korporativen Gesellschaftsstruktur hinaus handelt das Buch von einem Mann, der so etwas wie die Quadratur des Kreises versucht; das Problem, ohne Geldentwertung die Vollbeschäftigung mit einem expandierenden öffentlichen Sektor zu vereinen. Es ist in hohem Grad ein Buch, das sich in der Welt der Limousinen und Konferenzen abspielt. Brillante Staatssekretäre kommen und gehen, die Zahlen der Meinungsumfragen steigen und fallen, Olof

Palme gibt mit seiner charakteristischen Körpersprache seine Ungeduld zu erkennen, und Etats brechen zusammen.

Hat diese Welt irgendeinen Zusammenhang mit der von Tante Svea?

Ja. Freilich hat sie das. 1982 reduziert Herr Feldt ihre kleinen lebenslangen Ersparnisse um 16 Prozent, um die Bedingungen für den Export zu verbessern. Ein paar Jahre später ist ihre Witwenrente in der Gefahrenzone, mehrere kräftige Erhöhungen der Mehrwertsteuer schmälern auf ihr unbegreifliche Weise den Inhalt ihrer Einkaufstüten.

Schwant es Herrn Feldt und seinen Kollegen auch nur einen Augenblick, welche Wellen ihr stolzes Experiment bis in die dunklen Wohnungen in der Hagagatan schlägt? Ich glaube nicht.

Sein und seiner Kollegen Interesse reicht anscheinend nie weiter als bis zu dem, was der Gewerkschaftsbund zu sagen hat.

Aber was wäre, wenn man sein ganzes Leben ungeschützt verbracht hätte wie Tante Svea? Den unfaßbaren Gesellschaftsexperimenten einer fernen Elite ausgesetzt, die ganze Zeit einem abstrakten *Die da* ausgeliefert, und ohne jedes Gefühl, den geringsten Einfluß auf die Entwicklung zu haben?

Zutiefst sogar davon überzeugt, daß es sich nicht lohnt, seine Stimme bei der Reichstagswahl abzugeben – ein Standpunkt, den man heutzutage bei vielen verschiedenen Menschen in Schweden antrifft. Wäre man nicht in eine bittere Passivität geraten, die eigentlich dem ganzen Leben das Gefühl des Sinns rauben müßte? Wie überlebt – existentiell – der wehrlose Mensch?

Schweden ist ja nun kein wirklich schwieriges Land. Eine lückenhafte Demokratie, sage ich gern, aber durchaus reparabel. Ein Land mit wachsendem freiheitlichem Potential.

Ich las neulich eine Sowjetanalyse in *The New York Review of Books*, die feststellte, der normale Sowjetmensch habe sich nun seit ein paar Generationen daran gewöhnt, das hilflose Opfer der unvorhersehbaren Bewegungen von *Denen da* zu sein, die tun, was sie wollen, und nie in irgendeiner Situation verpflichtet sind zu erklären, warum.

Muß eine solche Situation nicht eine nahezu geologische Passivitätskultur erzeugen?

Man kann das Gedankenexperiment natürlich fortführen, die Grenzbedingungen immer weiter ins Unbekannte rücken: Wie wäre es, in einer orientalischen Despotie aufgewachsen zu sein, wo vom Volk überhaupt nicht erwartet wird, daß es sich in öffentliche Angelegenheiten mischt, und wo das Erbe von Athen überhaupt nicht existiert?

Tante Svea hat nie, das meine ich mit absoluter Überzeugung sagen zu können, irgendeine Vergünstigung, irgendein Privileg in diesem Leben genossen.

Sie hat bedeutende Strapazen ertragen und erträgt sie natürlich immer noch (beispielsweise kein freies Geleit auf den Straßen zu haben), ohne einen einzigen Menschen, bei dem sie sich beklagen oder den sie um Hilfe bitten kann. Am Donnerstag hat sie mir erzählt, wie es war, in Schuhen mit Pappsohlen zur Schule zu gehen, wie hart sie morgens waren und am Nachmittag desselben Tages fast schon aufgelöst vom Schneematsch, um dann ausgewrungen und deformiert zu werden, wenn sie für den nächsten Schultag am Eisenherd trockneten.

Natürlich ist sie die Art von sturer Småländerin, die lieber stehlen würde, als irgendeine Behörde um einen Beitrag der einen oder anderen Art zu bitten.

Sie ist als Klientin total ungeeignet. Sie ist ganz einfach nicht die Person, die willens ist, die passive Empfängerrolle in einem Sozialstaat auf sich zu nehmen. Andererseits ist sie weit entfernt von den Limousinen der Tüchtigkeit. Man muß ihr ja nicht lange zuhören, um zu merken, daß sie auch keine passiv gemachte Kreatur des Despotismus ist.

Sie ist also weder elitär noch passives Stimmvieh. Sie ist mit anderen Worten die Art von Person, auf die sich richtige, starke politische Demokratien gründen. Ja, solche Menschen waren es vielleicht, die die amerikanische Demokratie ermöglicht haben. Für ihre Sache zu sprechen ist, vermute ich, *populistisch*. Aber man vergißt leicht, daß die Wurzel im Wort *populistisch* ein lateinisches Wort ist, das Volk bedeutet. Wenn es populistisch ist, Tante Svea mit ihren dunklen, illusionslosen, staroperierten Augen jenseits der großen Gesellschaftsexperimente, der Wahlrhetorik und der volkswirtschaftlichen Quadratur des Kreises zu erkennen, dann bin ich wohl ein Populist.

Manchmal denke ich, es ist diese Sorte von Menschen, stur, wütend, unbeugsam, eingesperrt in kleine dunkle Wohnungen in bescheidenen Stadtvierteln, von denen die Hoffnung kommt, und nicht von brillanten jungen Männern in Regierungsgebäuden und an Rednerpulten. Der Augenblick wird kommen, da sie anfangen zu sprechen.

Der Diplomat

An einem Sommertag in Västmanland blättere ich gedankenverloren in Panofskys Buch über die italienische Renaissance. Und irgendwo tief in dem Buch versteckt finde ich die Visitenkarte von Benito Mussolini. Sie ist durchaus authentisch, auf sehr vornehmem Karton gedruckt, der zwar vergilbt, aber mit den Jahren nicht brüchig geworden ist. Nur der Name steht darauf, geprägt mit einer Druckplatte, so daß die Buchstaben leicht erhaben sind, was früher das Zeichen für wirkliche Klasse bei Briefköpfen oder Visitenkarten war. Keine Adresse, keine Telefonnummer, kurz gesagt eine Visitenkarte der Art, wie sie Diplomaten und ihre Gastgeber rituell austauschen und bei ihren Besuchen auf Silberteller legen; nicht besonders nützlich im normalen Geschäftsleben.

Ich bin nicht überrascht. Das Buch hat meinem ersten Schwiegervater gehört, dem ehemaligen Botschafter Joen Lagerberg. Er war bis zum Frühjahr 1946 in Rom. Sein kleiner Fiat mit dem skythischen Kaninchen auf dem Kühlerknopf (er fand Gefallen daran, eine sehr alte, ja, archaische Skulptur von den großen Steppen im Osten als Kühlerfigur zu haben, und merkwürdigerweise wurde sie nie gestohlen, obwohl es solche Zeiten waren, daß sein Chauffeur jede Nacht auf dem Hof der Botschaft alle Zündstifte herausnahm, um einen Diebstahl des Wagens zu verhindern) war am Morgen nach großen Bombardierungen eine bekannte Erscheinung im Straßenbild, wenn Joen und sein Chauffeur Lebensmittel an Kinder und Alte austeilten. Bestimmt hat er sich mehr als einmal mit dem italienischen

Faschistendiktator unterhalten, vermutlich im Quirinalpalast. Auch mit Papst Pius XII. hat er sich unterhalten, und es ist ihm gelungen, auf die lustig unschuldsvolle Art, die ihm eigen war, diesen vollständig zu *embarassieren*, indem er die Konversation mit einem Kompliment für die schönen Hände Seiner Heiligkeit eröffnete. Dieser Kirchenfürst war offenbar überhaupt nicht davon angetan, daß man eine Verhandlung über Flüchtlingshilfe mit körperlichen Komplimenten einleitete. Zugleich sagt diese Episode sehr viel über J. L. Ein anderer exzentrischer und amüsanter Herr aus meiner Jugend, Professor Ingemar Hedenius, hat J. L. einmal mit einer großen, sehr edlen Katze verglichen, von dieser richtig vornehmen, kostbaren Art, die sich gern freundlich neben einem auf dem Sofa zusammenrollt, aber auch furchtbar wütend werden und die Krallen ausfahren kann, wenn man auf irgendeine Weise ihre Integrität in ihrer angestammten Sofaecke verletzt. Das ist gar nicht schlecht. (Ich muß sagen, das war wohl das erste und einzige Mal, daß jemand einen Schwiegervater von mir mit einer Katze verglichen hat. Alles ist möglich, wenn es geistreich geschieht.)

Was Joen wirklich von Papst Pius XII. gehalten hat, weiß ich nicht. Dieser war schließlich ein sehr problematischer Papst, der sich durch seine Nachgiebigkeit gegenüber Hitler in der schlimmsten Zeit der Judenmorde auszeichnete. Was Mussolini betraf, ist es wohl klar, daß er keinen großen Bewunderer in dem schwedischen Botschafter in Rom hatte, sondern daß es ein streng beherrschter und nur äußerlich lächelnder Joen Lagerberg war, der sich mit Mussolini unterhielt.

Joen war ein bedeutendes Mitglied des antifaschistischen »Dienstagsklubs«, seine Mutter war eine Heyman aus Göteborg und stand den demokratischen Kreisen um *Göteborgs Sjöfarts- & Handelstidningen* nahe, und in den Kriegszeiten hatte er einen Neffen verloren, Carl Sigurd Elligers, der zusammen mit seinem Bruder Ottomar norwegischer Widerstandskämpfer in Oslo gewesen war.

Joen Lagerbergs Mutter war also Jüdin (außerdem eine begabte Malerin). Durch ein Arrangement, wie es in besseren Kreisen im Schweden der Jahrhundertwende nicht unüblich war, wurde sie mit einem jungen Adligen verheiratet, der mit der Zeit Chef des damaligen *Göteborgs Museum* wurde, heute *Göteborgs Konstmuseum*. Joens Großvater war Admiral und hat unter anderem die Weltumseglung der Fregatte Vanadis geleitet. (Ein Stück vom Kiel der abgewrackten Fregatte verwahrte der Diplomat liebevoll in seinen Bibliotheken in verschiedenen Ländern.)

Joen Lagerberg war Oberzeremonienmeister am Hof von Gustav VI. Adolf, Mitglied der Operndirektion, Sekretär des König-Gustav-VI.-Adolf-Fonds für schwedische Kultur und Inhaber so vieler ausländischer Orden, daß sogar ein zeitgenössischer Großsammler wie Professor Strömholm in Uppsala sich im Vergleich ziemlich abgenadelt ausnehmen würde. Seine Ordensauszeichnungen nahm er, wie alles andere im Leben, scheint mir, mit einer Prise Ironie. Mitunter erlaubte er sich, mit ihnen zu spielen, indem er beispielsweise zu einem Empfang in der polnischen Botschaft (Anfang der sechziger Jahre) den *Polonia Restituta* anlegte. Ertappt, konnte er sich natürlich immer auf sein Alter und seine Zerstreutheit berufen.

Es war die gleiche Verspieltheit, die sich in seltsamen Familienfesten draußen auf dem Lande ausdrückte, zu denen seine Schwester und er gemeinsam luden, und die beider Auffassung von einem Essen auf dem Lande widerspiegelten. Es konnte mit Champagner und russischem Kaviar anfangen, gefolgt von gebratener Fleischwurst in Scheiben, und als Abschluß schüsselweise Walderdbeeren aus der Östermalms-Markthalle und eine Flasche hervorragenden Portwein. Zur Wurst hingegen wurde Leichtbier gereicht.

Seine Frau, Valborg, war schon lange tot, als ich ihn kennenlernte, aber den Sommer über hatte er immer ausgedehnten Besuch von einer sehr strengen und sehr schwerhörigen Schwester, Margareta, mit einem Zug ins Viktorianische – sie pochte auf Formen und schimpfte den Oberzeremonienmeister einmal aus, als dieser mit einer erlesenen Geflügelpastete anfing, ohne auf die Sauce zu warten –, der im Rollenspiel der Familie offenbar die Aufgabe zufiel, sich über die munteren Scherze des Bruder zu entsetzen und korrigierend in das Haushaltsbudget einzugreifen. Solche Rollenverteilungen findet man häufig in Familien. Bestimmt hat er Margareta gebraucht.

Sein Lieblingsplatz in der prachtvollen Wohnung in der Engelbrektsgatan, vollgestopft mit Erinnerungen nicht zuletzt an seine vielen Jahre an der schwedischen Botschaft in Peking, war am Flügel. Joen Lagerberg war ein ausgezeichneter Amateurpianist.

Er muß ab seinem zwölften Jahr fast jeden Tag seines Lebens etwa zwei Stunden gespielt haben. Seine Virtuosität war so groß, daß sie Raum für Scherze ließ. Zum Beispiel die Tannhäuserouvertüre mit einer Kleiderbürste zu spielen, die dazu diente, die draperieartigen Tonkaskaden hervorzubringen, die das Zentrum des Venusbergmotivs bilden.

Er hatte viele literarische Freunde. Arne Sand, der allzu früh verstorbene, hochinteressante Autor aus den Fünfzigern, war ein oft gesehener Gast bei seinen opulenten Neujahrsessen, die im übrigen von den Stars der Oper wimmelten. Schon als ziemlich junger Botschafter in Prag lud er Gunnar Ekelöf ein, längere Zeit bei ihm zu wohnen, und sie blieben ihr ganzes Leben in ständigem Kontakt. Ich weiß, daß sie einen regen Briefwechsel unterhielten. Seine Pariser Kontakte aus der fernen Zeit als junger Attaché beim legendären Grafen Ehrenswärd waren fabelhaft. *L'éxemplaire de Monsieur Lagerberg* stand in der Ausgabe seiner Gedichte, die Paul Valéry dem jungen Diplomaten schenkte.

Ich bin wohl kaum je einem Menschen begegnet, der in so hohem Grad den idealen Rezipienten von Kunst, Literatur und Musik verkörpert wie Joen Lagerberg. Neue Bücher, neue Ausstellungen, neue Musikwerke beschäftigten ihn. Auf mich, der ich mein ganzes Leben ein überzeugter Stubenhocker geblieben bin, den man nur mit Mühe in eine Theatervorstellung schleppen kann, falls ich das Stück nicht selbst geschrieben habe, und dem nach einer einzigen Kunstgalerie der Kopf brummt, wirkte dieser enorme Appetit auf ästhetische Erlebnisse fremd und fast eigenartig. Tatsächlich glaube ich, er war der Idealtyp einer älteren Generation von feinen Stockholmern, die noch mit einem Fuß im oscarianischen Schweden standen und in dessen Geist erzogen waren.

Ebenso auffallend wie J. L.s kulturelles Interesse war sein fast totaler Mangel an Naturliebe. Natürlich besaß er die gründlichen Kenntnisse des alten schwedischen Gymnasiums von den lateinischen und schwedischen Namen der Pflanzen; er klaubte sie mit großer Sicherheit auf einem unserer seltenen Waldspaziergänge aus dem Moos. Doch die Landschaft als solche berührte ihn nicht besonders. Wenn sein Vater, ein echter Göteborger, mit der Familie segeln ging, betrachtete J. L. in den Jugendjahren die Segeltörns als störende Unterbrechungen des Botanisierens auf verschiedenen Kobben und Inseln.

J. L. war eine eigentümliche Mischung aus perfektem Beamtem und liebenswertem Bohemien, ein Produkt der schwedischen Gesellschaft der Jahrhundertwende, das in seiner Art nicht ganz ungewöhnlich war. Als Graf Ehrenswärd Chef der schwedischen Botschaft in Paris war, galt es als ungeschriebenes Gesetz, daß kein Diplomat sich nach der Mittagszeit in den Räumen der Botschaft aufhalten durfte. Da sollte man nämlich in der Stadt unterwegs sein, zum Tee bei Herzoginnen, auf Konzertmatineen, ja, wo zum Teufel auch immer, wenn man dort nur Menschen treffen und Kontakte knüpfen konnte und sich dabei möglichst auch noch amüsierte. Diplomatie war offenbar in J. L.s Jugend etwas von einer Umgangsform. Die jungen Pariser Attachés nannten sich im Scherz *les attachés d'Embrassade* und haben offenbar nicht selten als eine Art Gesellschaftsherren fungiert, geeignet, um die Tischordnung an der Tafel von Herzögen zu vervollständigen, und beliebte Schoßhunde in den Operlogen nobler Damen. (»Ja, selbstverständlich komme ich gern zu *Tosca* in die Loge von Madame. Ich habe Madame noch nie in einer Puccinioper gehört.«)

Professor Herbert Tingsten hat ein lustiges Situationsbild aus genau dieser Zeit beschrieben, als er J. L. um eine Geldsumme bittet, um in der Stadt auszugehen, und natürlich das Darlehen sofort bekommt, worauf er durch die halboffene Tür hört, wie J. L. sich flüsternd von einem seiner Attachékollegen die gleiche Summe borgt.

Bei der internationalen Luftfahrtkonferenz in Den Haag, einer wichtigen Konferenz, deren Resultate bis heute große Teile des internationalen Flugverkehrs regeln, merkte J. L. als sehr junger schwedischer Delegierter – zwar mit glänzenden juristischen und philosophischen Examen und eifrigen Studien im Volkstanzverein Philochoros in Uppsala als akademischer Voraussetzung, jedoch kaum ein Luftfahrtexperte –, daß er kein verdammtes bißchen begriff.

Er löste das Problem auf eine ebenso einfache wie typisch Lagerbergsche Art, indem er eilends zwei Stenographen kommen ließ, die das Ganze mitschrieben, es dann ins reine tippten, worauf das Ergebnis nach Stockholm ging, wo man sich natürlich über diesen plötzlichen Anfall von Gründlichkeit wunderte. Kenne ich Joen recht, hat er die Stenographen bestimmt aus eigener Tasche bezahlt.

Genau diese Haltung gegenüber seinem Amt hat J. L. sein Leben lang beibehalten. Auf seine älteren Tage bescherte ihm dieser Leichtsinn mitunter eigenartige Erlebnisse.

Zu J. L.s Pflichten im Herbst seines Lebens gehörte es, die neuen Botschafter beim Staatsoberhaupt, also Gustav VI. Adolf, einzuführen. Damals wie heute wurden die neuen Gesandten im sogenannten Siebenglaswagen abgeholt, einer Prachtkutsche im klassisch französischen Stil, gezogen von mehreren Pferden, und unter Ehrenbezeigungen zum Königlichen Schloß gebracht, wo Seine Majestät sie in einem kleineren, blumengeschmückten Empfangszimmer erwartete, um mit königlicher Hand das Akkreditiv des neuen Botschaftschefs entgegenzunehmen.

Joen Lagerberg, in der Uniform des Oberzeremonienmeisters, einem Prachtstück, das anzulegen einige Zeit erforderte, mit Goldstickereien, einem Hut mit Straußenfedernbusch, Prachtdegen, ganz zu schweigen von Kommandeurkreuz und Orden in einer der Gelegenheit angemessenen Ordensgarnitur, merkt, daß er tatsächlich noch acht Minuten Zeit hat, bis die Kutsche ihn abholen kommt.

Die Chance, noch schnell den Müll die Küchentreppe hinunter mitzunehmen, ist eine unwiderstehliche Versuchung! (Dieser Herr, seit seiner Jugend und nicht zuletzt in seiner Diplomatenzeit von Dienstboten verwöhnt, verbrachte seine letzten zehn Jahre einzig mit der Hilfe des ehemaligen U-Boot-Unteroffiziers Herrn Collin und dessen Frau, die ungefähr alle vierzehn Tage zum Staubsaugen kamen. Herr Collin hatte auf Schwedens letztem dampfgetriebenen U-Boot gedient, und ich konnte der Versuchung nicht widerstehen, ihn in meinem Roman *Die letzte Rochade des Bernard Foy* zur Putzhilfe des feinen alten Poeten Bernard Foy zu machen.

Lustigerweise war Joens erste Reaktion nicht Zorn auf ein Steuer- und Lohnsystem, das ihn außerstande setzte, eine Haushaltshilfe zu halten, sondern eher eine sportliche Haltung. Joen wollte gern beweisen, daß er ebensogut sein ganzes Leben ohne Dienstboten zurechtgekommen wäre. Sie waren ein äußeres Ingredienz in seinem Dasein, das zu ihm gekommen war, nicht er zu ihnen.) Ja, es ging natürlich, wie es gewöhnlich geht, wenn man versucht, in letzter Sekunde zu viele Dinge auf einmal zu tun. Als der fremde Botschafter, sagen wir aus China, Indien oder möglicherweise Frankreich, im Siebenglaswagen Platz genommen hat, auch er natürlich in Diplomatenuniform, und die beiden Herren auf dem kurzen, aber glamourösen Weg zum Königlichen Schloß eine höfliche Konversation begonnen haben, rümpft Botschafter Lagerberg plötzlich die Nase. Ein leichter, aber unverkennbarer Geruch nach Müll übertönt sogar den diskreten Duft der Herren nach Rasierwasser und Herrenparfums.

Aber ja, da, neben der Tür, steht das Ungetüm, überquellend von alten Apfelsinen und Eierschalen! In welchem Augenblick wird der fremde Botschafter ihn bemerken? Und die Frage ist natürlich, wie um Gottes willen wirft man eine Mülltüte aus dem Siebenglaswagen, »mit voller Kraft voraus«, wie wir Seeleute sagen, ohne peinliches Aufsehen zu erregen.

Der Siebenglaswagen ist kein besonders diskretes Transportmittel.

Ich habe keine Ahnung, wie der begabte Mann dieses Problem gelöst hat, aber da er Oberzeremonienmeister geblieben ist, bis er aus Altersgründen ausschied, muß er wohl eine Lösung gefunden haben. In Wahrheit war er wohl der beste der modernen Oberzeremonienmeister. Ihm diesen Job zu geben war genauso klug, wie etwa Neeme Järvi zum Dirigenten der Göteborger Symphoniker zu machen. Er liebte sein Amt, hatte ein natürliches Talent dafür und übte es mit einer Mischung aus Jovialität und Glamour aus, von der man unter älteren Beamten des Auswärtigen Amtes noch heute spricht. Die Vorstellung vom Leben insgesamt als einer Art Zeremonie, die man vollführt, verantwortungsvoll, mit einer leicht ironischen Distanz, war wohl außerordentlich typisch für J. L.

J. L. ist ein besonders deutliches Beispiel für die Sorte Mensch, die in meinem Leben viel bedeutet hat: der künstlerische Mensch. Der künstlerische Mensch ist nicht ganz dasselbe wie ein guter »Konsument« von Büchern, Bildern, Musik. Der künstlerische Mensch ist etwas mehr. (Ein fast vollendetes Porträt von einem Menschen dieses Schlages – oder besser: von dieser menschlichen Situation – hat Bo Carpelan in seinem wunderbaren Roman *Axel* entworfen, der von Sibelius' Freund Axel Carpelan handelt, einem zeitgenössischen Enthusiasten von Jean Sibelius, dem es gelang, selbst praktisch mittellos, die Rolle eines wichtigen Mäzens für Jean Sibelius zu spielen.) Der künstlerische Mensch steht dem Künstler gefährlich nahe; er weiß, wie man es macht, hätte es vielleicht besser machen können. Und kann es nicht machen.

Künstlerische Menschen entwickeln sich gewöhnlich in zwei verschiedene Richtungen. Sind sie hochbegabt (Personen mit einem Intelligenzquotienten von über 130 werden mager, Schachspieler und total untauglich fürs Wirtschaftsleben, sagt Jan Stenbeck gern), beginnen sie frühzeitig, Künstler zu hassen, und versuchen ihrer Tätigkeit zu schaden, wo sie nur können. Unfähig, selbst schöpferisch zu sein, hassen sie die Schöpferischen. Sind sie einigermaßen normal begabt, sehen sie die andere Möglichkeit; *statt selber schöpferisch zu sein, lassen sie es andere an ihrer Statt werden.* Es ist kurz gesagt möglich, ein stellvertretendes Leben zu leben. Axel Carpelan hat das sicherlich getan.

Joen Lagerbergs Erinnerungen *Anstelle von Memoiren* waren für viele seiner Freunde bestimmt eine Enttäuschung. Ein ganzes Kapitel handelt von Gerichten, die Heiligennamen tragen. Viele andere sind (mittelmäßige)

Vorträge, gehalten, wie man sagt, zu verschiedenen Anlässen. (Und alle in diesem Östermalm, einem Viertel, das mir so fremd ist wie die Provinz Yunnan in China, das Joen aber offenbar als den natürlichen Heimatort des Menschen auf der Welt betrachtete.)

Er war unter denen, die nach den ersten deutschen Bombenangriffen das brennende Warschau verließen, im September 1939, zusammen mit dem Hauptteil des diplomatischen Korps (bis auf die mit Deutschland Verbündeten, wie die Sowjetunion). Er berichtet, wie die lange Kolonne von Diplomatenwagen auf der Flucht nach Westen, unter dem Druck deutscher Luftangriffe, spätnachts an einem Schulhaus in der Gegend von Kremieniec anhält, wie die Diplomaten in dem verlassenen Internat übernachten, ihre langen, behaarten Beine aus den Betten gestreckt, und wie der britische Botschafter sagt, »*surtout*, liebe Kollegen (oder etwas in der Art), laßt uns nicht gegenseitig unsere Chiffren stehlen«.

Das ist glänzend, das ist authentisch, das ist eine echte Geschichte, und man erkennt sofort, was ein richtiger Schriftsteller daraus hätte machen können. Er hätte es so darstellen können, daß es authentisch klingt. (Hätte ich die Aufgabe gehabt, ich hätte die Geschichte mindestens drei Kapitel vorher vorbereitet und sie zu einem Höhepunkt getrieben, einem Symbol für den Zusammenbruch der Demokratien. Bei Joen folgt sie auf eine Passage über Tulpen und Überschwemmungen in Holland und wird ungefähr so dargestellt, als gehöre sie zum diplomatischen Alltag.)

Der Weg, den J. L. einschlug, als es ans Memoirenschreiben ging, war in Wirklichkeit, überhaupt keine zu schreiben. Der dünne Band, geschmückt mit Isaac Grünewalds Porträtskizze von Joen in einem rotvioletten Morgenmantel, enthielt tatsächlich eine Sammlung von Vorträgen und einige halbautobiographische Essays, zum Teil ziemlich belanglos, zum Teil ganz brillant. Aber richtige Memoiren waren es gewiß nicht. Das interessanteste Kapitel ist zweifellos »Die Menschen um Proust«, ein prachtvolles Stück, das er ursprünglich auf meine Aufforderung hin für die Proustnummer von *Bonniers Litterära Magasin* geschrieben hat. Es gründet sich auf die Lektüre von Pinters großer Biographie, und das Interessante, was sich nach und nach herausschält, ist, daß Joen tatsächlich mit einer Reihe der Personen verkehrt hat, die als Vorbilder für Proust wichtige Rollen gespielt haben.

Wie dieser glanzvolle Oscarianer es geschafft hat, bis weit in die schwedischen siebziger Jahre zu überleben, ist nicht leicht zu sagen. Seine Einstellung zu Palme war gelinde gesagt kritisch, seine Fähigkeit, Steuervorauszahlungen zu planen, war gleich Null. Größere auftauchende Ausgaben wie Steuernachzahlungen oder die Hochzeit seiner Tochter finanzierte er gewöhnlich, indem er ein venezianisches Möbelstück verkaufte oder eine Anzahl der phantastischen chinesischen Spiegel, die seine Bibliothek schmückten. Mit den Jahren gab es immer mehr Luft zwischen den Antiquitäten in seinen schönen Sälen, was kaum einem Menschen auffiel, da er ein so brillanter Unterhalter war, daß die gesamte Aufmerksamkeit im großen und ganzen davon in Anspruch genommen wurde, ihm zuzuhören.

Er redete mit allen Menschen; wenn er mit der Bahn fuhr, freundete er sich immer rasch mit allen Kindern im Abteil an, nicht zuletzt dank seinem unglaublichen Talent, Grimassen zu schneiden (besonders wenn die Mütter nicht in seine Richtung schauten, worauf das Kind natürlich versuchte, die Aufmerksamkeit der Mutter auf diesen unwahrscheinlich komischen Onkel zu lenken, den es entdeckt hatte. Doch dann sah der Onkel natürlich aus wie ein ganz gewöhnlicher Onkel im Zug).

Trotz dieser außergewöhnlichen kommunikativen Begabung erschien einem J. L., wenn man ihn beobachten lernte, als erstaunlich einsamer Mensch. Und auf eine Art, die wohl für seinen Charakter typisch ist, verkehrte er mit anderen Menschen im Grunde genommen am besten durch die Musik. Er verbrachte täglich Stunden am Flügel, er musizierte mit Freunden, oft auf nahezu professionellem Niveau. Ich glaube, es war im Grunde dieses Gefühl, ein sehr spezieller, sehr eigenartiger Mensch zu sein, der sich ein für allemal dafür entschieden hatte, nach den üblichen Regeln zu spielen, was Gunnar Ekelöf gefesselt hat. Der große Poet, der selbst eine andere Wahl getroffen hatte, sah in Joen Lagerberg eine Art Begleiter auf dem Weg des Lebens, der eine andere Kombination von Lösungen für ähnliche Probleme gewählt hatte.

Thomas Manns alter, achtenswerter Gedanke, man habe in der Kunst zwischen »Illumination« und »Ironie« zu wählen, paßt erstaunlich genau auf diese beiden Freunde. (Ich wünschte, jemand würde eines Tages ihre Korrespondenz finden, die außerordentlich viel nicht zuletzt über den jungen Ekelöf aussagen dürfte.) Bei diesem seltsamen Freundespaar repräsentierte Joen Lagerberg die ironische Lösung.

Der Vertreter

Wir beerdigten Einar an einem regnerischen Frühsommertag 1993 auf dem Hovdestalunds-Friedhof in Västerås. Er war, als er starb, 86 Jahre alt. Erstaunlich viele Menschen versammelten sich zu der Zeremonie im Dom – nicht nur meine alten Onkel und Tanten, sondern auch eine Reihe von Freunden. Sogar ein Gemeinderatsvorsteher war darunter. Das rief mir eine Seite meines Vaters ins Bewußtsein, die sich in den letzten zwanzig Jahren bemerkenswert entwickelt hatte und von der ich nicht viel zu sehen bekam; den intelligenten Gemeindevertreter und das energische siebzig- und schließlich achtzigjährige Mitglied des Bibliotheksvorstands von Västerås.

Man hat mir gesagt, Einar habe tatsächlich eine neue Praxis im kommunalen Leben von Västerås eingeführt; zuvor wurde eher nicht erwartet, daß man nach der Pensionierung weiterhin kommunale Ämter wahrnahm. Nachdem Einar das Eis gebrochen hatte, wurde es anscheinend gang und gäbe. Seine mehrfachen Einsätze als Wahlhelfer bei den Konservativen Anfang der siebziger Jahre waren offenbar so energisch, daß kaum etwas anderes übrigblieb, als ihm dieses Ehrenamt zu geben. Im Bibliotheksvorstand war er offenbar sehr gut; unter anderem machte er sich die Mühe, in regelmäßigen Abständen die verschiedenen Bibliotheken zu besuchen und mit Personal und Benutzern zu sprechen.

Es ist nicht verwunderlich, daß Einar ein guter Wahlhelfer war. Er war ein gewiefter Verkäufer, zuerst hinter der Theke ländlicher Feinkostläden, mit der Zeit dann von

Husqvarna-Nähmaschinen und Elektrolux-Staubsaugern, in verschiedenen Etappen. Lange bevor in Västmanland die Autos der Nachkriegszeit üblich waren, fuhr er in der ganzen Gegend herum, von Västerås aus bis weit hinaus nach Sala, manchmal mit dem Fahrrad im Zug und manchmal den ganzen Weg mit dem Fahrrad, den schweren Musterkoffer auf dem Gepäckträger. Etwas leichter muß es in den fünfziger Jahren geworden sein, als er sein erstes Nachkriegsauto bekam, den kleinen Ford Anglian, der so sorgfältig gepflegt und gewaschen und gewachst wurde, als wäre er eine Herrenhauslimousine.

Eine meiner ersten, etwas bewußteren Nachkriegserinnerungen an Einar ist, wie er die alte Straße nach Ramnäs entlangradelt, die den Strömholms-Kanal entlangführt, vorbei an den alten Hüttenwerken Sörstafors, Hallstahammar und Surahammar, mit mir auf dem Gepäckträger, und sorgfältig mit Kohlepapier durchgepauste, maschinengeschriebene Blockadezettel an all die roten Scheunengiebel und Kaufladenfassaden pinnt. Damals hatte ich kein besonderes Verständnis für diese Sache mit der »Blockade«, und wie ich argwöhne, Einar ebensowenig. Ich begriff nur, daß die Angelegenheit schwerwiegend und ernst war. Es ging um die Husqvarna-Vapendepots-Aktiengesellschaft, deren Waren zu kaufen Einar allen Menschen abraten wollte. Sie hatte nämlich einen neuen Nähmaschinenvertreter für Einars Bezirk angestellt, während Einar ungefähr zwei Jahre lang zum Militär eingezogen war. Angestellte wegen Militärdiensts zu entlassen war 1944 ebensowenig gestattet wie heute, aber als Einar von dem Bereitschaftsverband in Schonen zurückkehrte, dem er als Feldtelegraphist angehört hatte (nie werde ich den Geruch der wollenen Uniform vergessen: Tabak, Waffenöl und Eisenbahnrauch), zeigte sich, daß er nie angestellt gewesen war – er hatte Nähmaschinen als freier Mitarbeiter verkauft. Ich weiß nicht einmal, ob seine rührenden kleinen Zettel entlang der alten Straße nach Ramnäs überhaupt von seinem früheren Arbeitgeber entdeckt wurden, oder ob sie auch nur den geringsten Einfluß auf den Verkauf von Nähmaschinen in Västmanland hatten. Aber auf mich übten sie zumindest eine pädagogische Wirkung aus; ich lernte, daß es richtig ist, sich zu wehren.

Einar war kein starker Mann. Er mied den Kampf. Er hatte seit der Kindheit Angst vor Hunden und Polizisten, was im reifen Alter dazu führte, daß er stets versuchte, die Freundschaft von Hunden und Polizisten zu gewinnen. Was auch in beträchtlichem Ausmaß gelang – zu der Zeit, als noch Polizisten auf den Straßen von Västerås patrouillierten, gab es keinen einzigen, den Einar auf unseren Spaziergängen nicht grüßte und mit dem er nicht einen kleinen Schwatz hielt.

Doch konnte Einar sich unter dem Druck einer Situation zusammennehmen und eine beachtliche Stärke zeigen. Als unser Schwedischlehrer in der Realschule die Neigung entwickelte, seine Schüler zu ohrfeigen, ging Einar schnurstracks zum Direktor, machte ihn darauf aufmerksam, daß diese Unsitte gegen die Statuten des Gymnasiums verstieß, und tat seine Absicht kund, den Staatsanwalt einzuschalten, falls das nicht aufhörte. Er muß sich ziemlich ins Zeug gelegt haben, denn der freundliche Direktor Axel Johansson verbrachte in den nächsten zwei Wochen viele Stunden damit, den Schwedischunterricht auf einem Stuhl ganz hinten im Klassenzimmer zu überwachen.

Ich vermute, der entscheidende Umstand war nicht, daß an dem feinen Gymnasium Ohrfeigen ausgeteilt wurden, sondern daß ich einer der Betroffenen war. Einar liebte mich wirklich, und einen ermunternderen Vater kann man sich kaum vorstellen. Eine Ermunterung, die durch die Jahrzehnte hindurch weiterging und sich auf alle möglichen Arten ausdrückte. Von seinen ziemlich knappen Mitteln kaufte er mir Meccanobaukästen, als ich sieben Jahre alt war, in der Hoffnung, ich würde Ingenieur werden, und eine gute Klarinette, als ich ungefähr vierzehn war, in der Hoffnung, ich würde Solist werden. Er hätte ja ein einfacheres Instrument wählen können – die Versuche, auf dem ziemlich schwer zu spielenden Holzblasinstrument in die oberen Oktaven zu kommen, sind mir noch als Qual in Erinnerung. Nun spiele ich Querflöte, seit ich vierzig bin, und da fühle ich mich eher heimisch; in der Immaterialität des Flötespielens. Keine Holzmundstücke, kein Schmirgelpapier. Doch die Klarinette existiert noch, und jetzt, da ich nach jahrelangem Jogging und Tennisspiel ziemlich gekräftigte Lungen habe, übe ich tatsächlich manchmal eine B-Version von Mozarts Klarinettenkonzert darauf. Einen enthusiastischeren Leser als Einar habe ich nie gehabt; als die Kräfte noch reichten, hat er mir zu Weihnachten immer eigenhändig mein neues Buch gebunden und mir den Band geschenkt.

Seit ich klein war, konnte er um meinetwillen eine Entschlossenheit, ja, Wut aufbringen, deren er um seiner selbst willen nicht fähig war.

Meine tiefsten und frühesten Erinnerungen an Einar sind mit den Werkzeugen im Schuppen in Ramnäs verbunden, wo wir den Sommer über wohnten. Säge und Hammer, mit der Zeit die etwas gefährlicheren Messer und Brecheisen hat er mich gebrauchen gelehrt. Es war eine Art archaischer Einweihung, eine Vermittlung von Wissen aus der Welt des Erwachsenen in die Welt des Kleinen, die viel tiefere Ergebnisse zeitigte als die sichtbaren.

Es ist meine tiefe Überzeugung, daß es wichtig ist, mit seinen Kindern buchstäblich zu *arbeiten* – wir können nie den Kontakt *herbeireden*, den die gemeinsame Handhabung der Außenwelt ergibt. Es liegt ein fast magischer Kontakt darin, gemeinsam die Werkzeuge zu gebrauchen, zu lernen, wie Ruder, Hammer, Holzaxt zu handhaben sind.

Darüber wäre viel zu sagen. Neulich wurde darauf hingewiesen, daß es der schwedischen Schule insgesamt an Computerunterricht mangelt, weil die Lehrer das unangenehme Gefühl haben, die Schüler hätten ihnen da etwas voraus. (Ich habe das unangenehme Gefühl, viel mehr zu können als der Servicetechniker, den ich mitunter bestelle, doch das ist eine andere Geschichte.) Fatal wird es natürlich, wenn eine Situation entsteht, in der Vater und Sohn oder Mutter und Tochter kein gemeinsames Werkzeug beherrschen. Nicht unbedingt wegen des Werkzeugs oder der Tätigkeit, sondern weil diese Art der Wissensvermittlung so gemeinschaftsfördernd ist.

Einar war als Junge schwach und kränklich, nachdem er an der spanischen Grippe erkrankt war, der gefürchteten und berüchtigten Epidemie von 1918. Geboren 1907, verlor er im Alter von sieben Jahren seinen Vater, den Kupferschmiedegesellen Knut Gustafsson, und er hat mir gesagt, er habe an den Vater keinerlei Erinnerung. Ich vermute, hätte er einen Vater gehabt, wäre er nicht so anfällig für Krankheiten gewesen.

Ich besitze sein Tagebuch von 1924, da war er also siebzehn Jahre alt, und es vermittelt das Bild eines intellektuell erstaunlich aktiven, feinen Jungen. Er wohnt zusammen mit seiner Mutter, damals eine energische Anhängerin des Missionsbunds, die 101 Jahre alt werden sollte, in einer kleinen Wohnung beim Onkel, dem Klempnermeister Clason, in Hallstahammar. (Bevor Einar und ich mit dieser Tradition gebrochen haben, hat sich die ganze Verwandtschaft offenbar nie mit etwas anderem befaßt als der Klempnerei; noch im Jahr 1993 besitze ich Klempnerwerkzeuge, die aus dieser Familie stammen.) Mutter Tekla versorgte sie beide als Putzfrau bei der Bank. Hin und wieder arbeitet Einar als Verkäufer in Herrn Strands Geschäft, das ebenfalls im Klempnerhaus untergebracht war, gelegentlich schippt er Schnee und hackt Holz. Das Tagebuch ist geprägt von einem gewissen Exilgefühl; man merkt, daß der Junge sich eigentlich nach Västerås zurücksehnt. Schachprobleme, finanzielle Kalkulationen (»Heute ist es im Laden sehr ruhig, noch nicht einmal für 25 Kr. habe ich verkauft, und das ist ja ziemlich schlecht«), Entwürfe für Stellengesuche (»Gläubiger junger Mann mit Erfahrung als Verkäufer«), Fragmente von autodidaktischen Studien in Englisch und Deutsch. Abends werden Bücher im Bett gelesen, doch es wird auch etliches geschrieben:

Mittwoch, den 8. Oktober – Es ist regnet drusen, finster und kallt. *Hoffentlich wird das Wetter morgen schön. Ich schreibe jetzt oft abends Novellen, aber ich habe ja recht wenig Zeit übrig, und dann ist elektrisches Licht allein für solche Arbeit nicht so gut.*

Die Zeiten sind schlecht, und die Mädchen schenken ihm anscheinend nicht ganz die Beachtung, die er verdient:

Die traurige Neuigkeit habe ich erfahren, daß Onkel Fritz seine Zahlungen eingestellt hat, also ist er jetzt völlig pleite. Heute war ein ziemlich mühsamer Tag: Mama war den ganzen Tag in der Bank, zum Mittagessen hat es saure Wurst gegeben. Und nach Kolbäck mußte ich fahren, für Onkel Karl. Dann habe ich für Freitag abend plakatiert, da singen Blom und Pastor Fors. Und Vera war den ganzen Tag bei Margit Vikström, und als sie dann heute abend nach Hause kam, hatte die ihr einen Bubikopf geschnitten, und Mama ist fast in Ohnmacht gefallen, und die Tante auch, ohne jemand zu fragen, einfach so etwas machen, aber da sieht man, wohin schlechte Gesellschaft führt.

Oft hört man, genau auf diese Art, hinter den Worten des Tagebuchs die längst verschwundenen Stimmen der Erwachsenen, man merkt, der Junge hat zugehört, aufgeschnappt und gibt wieder:

Heute abend hatten wir es sehr gemütlich. Herr und Frau Dahlin waren zu Besuch. Und Frau Dahlin hat Mama gezeichnet, und ich und Dahlin haben Schach gespielt. Und gestern waren in Stockholm Wahlen. Wo die Ochsenkommunisten überall in der Stadt in roten Schablonen ihre reißerischen Parolen verbreitet haben. Aber das hat wohl nicht viel geholfen. Möge Gott es so lenken, daß die wahren Friedensfreunde, die Idealisten und Abstinenzler über unser schönes Vaterland bestimmen.

Am 19. September hat Einar ein Schachproblem geknackt (»sie sind manchmal ziemlich schwer zu lösen«), an dem kalten Abend des 17. Februar desselben Jahres hat er zum erstenmal Radio gehört (»Ich habe gerade Radio gehört! Gesang – Reden – Musik, es ist das erste Mal, daß ich das höre!«), und am 21. April hört er zum erstenmal Grammophon (»samt einer Platte von dem weltberühmten Sänger Enricko Carusa«).

Es ist sehr still um diese Jugendjahre in einem västmanländischen Hüttenwerksort. Die kleine Gemeinde ist eifrig bemüht mit ihrem Nähkränzchen, ihren Wohltätigkeitsversteigerungen und Konzerten, aber kein Radio, kein Grammophon stört die Stille auf dem Knektbacken vor dem Clasonschen Haus. Ich stelle mir Schnee vor, viel Schnee, der auf den Ästen der Bäume lastet. Das Tagebuch klagt auch ziemlich oft über Schnee:

(21. Februar 1924) *Heute abend war der schlimmste Schneesturm, ich habe heute die Abend-Schule besucht. Als ich vorhin hereinkam, war das Licht so schwach, daß ich beim Schreiben nichts erkennen kann. Ich habe eine Kerze angezündet. Morgen sind draußen bestimmt meterhohe Schneewehen. Da bekomme ich Arbeit mit Schneeschippen. Ich glaube, gleich weht das Haus davon.*

Das christliche Leben, das ihn umgibt, besteht nicht nur aus Nähkränzchen und Wohltätigkeitsauktionen. Er grübelt über Fragen nach, die man philosophisch nennen muß. Wir haben Gott nicht gesehen, sagt er an einer Stelle. Aber das ist kein Argument für Gottesverleugnung. Denn die Schwerkraft ist auch nicht auf andere Art sichtbar als durch ihre Wirkung. Das Argument, das so schlagend ist wie Malebranches altes »Alles zeugt von Gott«, ist ja sublim. Ich wüßte gern, ob der Junge es von einem Laienprediger aufgeschnappt hat, oder ob er wirklich von allein darauf gekommen ist.

Er lebt mit seiner Mutter in einer kleinen Mansardenwohnung in einem großen Haus, dem Clasonschen, das in hohem Grad dominiert ist von Klempnermeister Clason und seinen Gesellen. Die Werkstatt ist in einem großen Flachbau auf dem Hof untergebracht. Rohrbieger, Werkbänke und Geräteschuppen drängen sich zwischen den Apfelbäumen. Auf der Vorderseite ist Herrn Strands Herrenausstattungsgeschäft, in dem Einar an bestimmten Tagen arbeitet. An anderen Tagen trägt er Zeitungen aus, Mittwoch ist immer ein anstrengender Tag, denn da muß er das schwere *Allers Familjejournal* am Bahnhof abholen und austragen (»Allerstag«). Aber es wird nicht nur gearbeitet. Es gibt auch Raum für Spiel und Spaß. Ist es eine allzu kühne Vermutung, daß die Olympischen Spiele, in lebhaften Reportagen im *Familjejournal* vermittelt, ihre Spuren in dem plötzlichen Ausbruch von Sportsgeist hinterlassen haben, der sich an einem schönen Sommerabend am Montag, dem 3. August 1924, ereignet. Jungen und Lehrlinge und Gesellen vergessen die Arbeit und spielen – glücklich und frei – im Kies vor der Werkstatt:

Heute abend sind wir draußen vor der Werkstatt gesprungen, ich habe 4,20 im Weitsprung geschafft. Norström ist 1,35 im Hochsprung gesprungen. So ein bißchen Bewegung abends tut gut.

Dieser kleine, leicht moralisierende Zusatz ist sehr typisch für dieses Tagebuch. Jedesmal, wenn Einar etwas Vergnügliches getan hat, vergewissert er sich, geistig gesprochen, mit einem Blick, ob es auch erlaubt war, oder ob es vielleicht so vergnüglich war, daß es verboten sein müßte. Man ahnt immerzu die vielen betulichen Erwachsenenstimmen, die sich in seine eigene mischen. Er kann es nicht ganz leicht gehabt haben, und man fragt sich natürlich, wieviel in seiner Kindheit in ihm blockiert wurde. Durch eine überfürsorgliche Erziehung.

Ich fürchte, verglichen mit anderen Schriftstellern meiner Generation habe ich keine Sensationen zu bieten, wenn ich von meinem Vater erzähle.

Einar hatte seine kleinen Eigenarten, die er sein Leben lang beibehielt. Eine davon war, daß er stets vor Unfällen warnte, die sich ereignen könnten. Wollte man den Kahn borgen und auf den See hinausrudern, wies er darauf hin, daß man leicht ertrinken könnte. Nahm man einen Hammer, sagte er sofort: »Paß auf, daß du dir nicht auf den Daumen schlägst.« Noch als fünfzigjähriger und relativ erfahrener Mann habe ich draußen auf dem Land in Sörby ständig solche Warnungen erhalten. Es ist ja gut, wenn man die Risiken seiner Vorhaben erkennt, aber die Summe von Einars ständigen Warnungen war eine Kampagne gegen jede Art von Aktivität. Eine Kampagne, die ich kaum je ernst genommen habe. Aber was sich darin so deutlich widerspiegelte, war seine Jugend. Einar liebte Spiele, angefangen von »Wolf und Schafe« bis hin zu Schach. Letzteres war sein Lieblingsspiel. Er muß als junger Mann sehr gut gewesen sein – in seinen Tagebüchern sind viele Partien aufgezeichnet, die er gewonnen, und einige, die er verloren hat. Typisch für sein Schachspiel war die Kühnheit und die Initiativkraft. Er war der Typ von Gegenspieler, der einem keinen Augenblick Ruhe gönnte. Die Kombinationen waren weitreichend, und alles zielte eigentlich von vornherein auf das Zentrum des Gegners. Man könnte sagen, Einars Schachspielerpersönlichkeit war das genaue Gegenteil seiner normalen Persönlichkeit, die schüchtern, ausweichend und übervorsichtig war. (Das einzige Mal in seinem Leben, als sich ihm die Chance bot, etwas zu tun, das nach einem guten Geschäft aussah, nämlich das Reihenhaus, in dem er wohnte, zu einem festen und niedrigen Preis zu kaufen, der bald enorm steigen sollte, war er der einzige Mieter in der ganzen Häuserzeile, der freiwillig verzichtete.)

Einar hat so lange gelebt, daß er in meinem Bewußtsein fast eine Brücke schlug zwischen der alten schwedischen Hüttenwerksgesellschaft und meiner eigenen Gegenwart. Er lernte in einer Fibel buchstabieren, in der **A** mit einer *Ader* illustriert war und **I** mit einem *Iltis*.

Seine Schilderungen, beispielsweise von Västerås vor dem Zweiten Weltkrieg, waren so fremd, als spräche er von einem anderen Land. Jugendliche, die in großen Horden die Hauptstraße hinauf und hinunter schlendern, um einander kennenzulernen, ein sozialer Ritus, den ich von meinen Besuchen in Kleinstädten Griechenlands und des ehemaligen Jugoslawien kenne. Die Herren, in ihren Vierzigern schon alt, mit Zigarre und Spazierstock. Und natürlich der »Aseastrom«, die mächtige Flut von Arbeitern auf dem Fahrrad, hin und her durch die Fabriktore am Anfang des Werktags und an seinem Ende.

An einem Sommerabend in den achtziger Jahren begleitete er uns zum Flugplatz Arlanda, um meine Frau zu verabschieden, die nach Austin flog. Wir tranken oben im Passagiercafé mit der prachtvollen Aussicht eine Tasse Kaffee, und Einar beobachtete interessiert die landenden und startenden Maschinen.

– Aber was sind das für komische runde Dosen, die unter den Flügeln hängen?

In diesem Augenblick erkannte ich, vielleicht zum erstenmal ernstlich, was für ein gewaltiger Altersunterschied die 29 Jahre zwischen uns doch waren. Für mich sind Jetmotor und Computer selbstverständliche Geräte; für Einar hatten beide etwas Unfaßliches. Es geht eine ganz deutliche Grenze, nicht zuletzt in Schweden, zwischen der Generation, die im Zweiten Weltkrieg im mittleren Alter war, und meiner eigenen. Die Modernität war für Einar die Kamera, das Auto, das Radio.

In meinem Leben gibt es keine ebenso überzeugende Modernität. Woraus sollte diese bestehen? *Virtual reality? Color scanning?* Wohl kaum. In Wahrheit spielt sich mein Leben vermutlich zwischen zwei großen technischen Durchbrüchen ab, jenem, der Einars Jugend prägte, und einem, der noch nicht richtig über uns hereingebrochen ist, aber schon vor der Tür steht, mit neuen Energiequellen, einem voll entwickelten *cyberspace*, einem neuen physikalischen Weltbild und vermutlich einer insgesamt neuen Biologie.

Bis in seine Achtziger war Einar großartig in Form, fuhr Auto aufs Land und zurück, allerdings mit zunehmender Vorsicht, besuchte uns in den USA, einem Land, das er freundlich fand und überraschend ähnlich dem England, das er in den fünfziger Jahren besucht hatte, aber mit einem für sein Gefühl fast unfaßbar starken Autoverkehr. Er flog mit seinem ältesten Enkel in einer Piper Cherokee über Västmanland, sah zum ersten und einzigen Mal in seinem Leben große Teile des Kohlbäcksflusses in seinem gewundenen Lauf zum Mälarsee hin, entdeckte Seen draußen im Wald, die er noch nie besucht hatte, und dirigierte den Piloten in ständig neuen Schleifen, um das eine oder andere Detail zu betrachten, das ihm entgangen war.

Ab ungefähr zweiundachtzig begann er auf eine zuerst ziemlich subtile Weise schwächer zu werden. Das erste Zeichen war, daß er nicht mehr mit jungen Frauen flirtete. Er behandelte sie freundlich, aber zerstreut. Sie waren nicht mehr interessanter als andere Menschen. Dann kam die Geschichte mit dem Auto. An einem Sommertag, unterwegs nach Dunshammar, um die Abendmilch zu holen, kehrt er zu Fuß nach Sörby zurück und behauptet, er habe eine Reifenpanne gehabt. Wir begleiten ihn zu der Stelle und finden den Wagen nach einer ganzen Umdrehung im Graben stehend, wobei er eine längere Strecke von Bauer Bruslings Zaun umgelegt hat. Der rechte Kotflügel ist abgerissen. Einar war nicht in der Lage zu erklären, was eigentlich vorgefallen war, und sah mit resignierter Miene zu, wie sein alter Volvo PV 544 vom Abschleppwagen abtransportiert wurde.

Wir, seine Frau, Kinder und Enkel, akzeptierten wohl halbwegs seine Erklärung mit der Reifenpanne, wenn es uns auch merkwürdig vorkam, daß er dadurch so stark ins Schleudern geraten war.

Die Wahrheit, wie sie mir nach und nach aufgegangen ist, war wohl, daß Einar in einem Moment von Abwesenheit in den Graben gefahren ist. Vermutlich ein sogenannter Minischlaganfall, einer von mehreren, Vorboten verstärkter Alterserscheinungen. Er fuhr wieder Auto, mit einem anderen alten Volvo, den er nach einiger Zeit bekam, aber ach so zögernd. Es muß wie eine abscheuliche Beleidigung gewirkt haben, für einen Mann, der seit den dreißiger Jahren unfallfrei und sicher gefahren ist, daß er sich plötzlich nicht mehr auf sich selbst verlassen konnte.

Was ich erst im nachhinein begriffen habe, ist, wie geschickt er dies verbarg, vor den andern, vielleicht auch vor sich selbst. Die letzten zwei Jahre hatten etwas von düsterer Entropie. Ich erinnere mich, wie traurig es mich stimmte, als er an einem Sommerabend 1992 mit seinem jüngsten Enkel Benjamin Schach spielte und plötzlich (ein bißchen hastig und verlegen) Benjamin bat, ihm zu erklären, wie sich der Springer im Schachspiel bewegt.

Die Reise war zu Ende.

Inhalt

Lars Gustafsson
im Carl Hanser Verlag

Sigismund
Aus den Erinnerungen eines
polnischen Barockfürsten
Roman
Aus dem Schwedischen von Verena Reichel
1977. 256 Seiten

Der Tod eines Bienenzüchters
Roman
Aus dem Schwedischen von Verena Reichel
1978. 180 Seiten

Sprache und Lüge
Die sprachphilosophischen Extremisten:
Friedrich Nietzsche, Alexander Bryan Johnson,
Fritz Mauthner
Aus dem Schwedischen von Susanne Seul
1980. 296 Seiten

Erzählungen von glücklichen Menschen
Aus dem Schwedischen von Verena Reichel
1981. 200 Seiten

Trauermusik
Roman
Aus dem Schwedischen von Verena Reichel
1984. 220 Seiten

Die Stille der Welt vor Bach
Gedichte
Herausgegeben von Verena Reichel
Aus dem Schwedischen von
Hans Magnus Enzensberger, Hanns Grössel,
Anne-Liese Kornitzky
und Verena Reichel
1982. 104 Seiten

Die dritte Rochade des
Bernard Foy
Roman
Aus dem Schwedischen von Verena Reichel
1986. 400 Seiten

Die Bilder an den Mauern
der Sonnenstadt
Essays über Gut und Böse
Aus dem Schwedischen von Ruprecht Volz
Edition Akzente
1987. 176 Seiten

Das seltsame Tier aus dem Norden
Aus dem Schwedischen von Verena Reichel
1989. 200 Seiten

Nachmittag eines Fliesenlegers
Roman
Aus dem Schwedischen von Verena Reichel
1991. 144 Seiten

Über die Absurdität des Lebens, über Unordnung, Vergeblichkeit und Scheitern so unangestrengt und philosophierend, so kurzweilig und einfallsreich, so ernst und ironisch-heiter erzählen zu können, das ist die bemerkenswerte Kunst eines Lars Gustafsson.

Stuttgarter Zeitung

Vorbereitung für die Wintersaison
Gedichte
Aus dem Schwedischen von Verena Reichel
1992. 80 Seiten

Gustafssons Gedichte sind von einfacher Klarheit im Detail. Völlig transparent. Aber auch bei hellstem Tageslicht können die Wege mit seltsamen Windungen überraschen. Und darin liegt die Poesie, zugleich aber auch die Logik dieser Elegien und Balladen. *Die Zeit*

Was Hans Magnus Enzensberger einst an der frühen Lyrik Gustafssons lobte – »etwas Logisches, das nicht dürr, und etwas Phantastisches, das nicht trübe ist« –, diese doppelte Tugend findet man in den *Vorbereitungen für die Wintersaison* nun zur Meisterschaft entwickelt vor. Lars Gustafsson zeigt sich darin als ein Virtuose im schwierigsten Fach: er schreibt »vernünftige« Poesie.

Der Tagesspiegel

Die Sache mit dem Hund
Aus den Tagebüchern und Briefen
eines texanischen Konkursrichters
Roman
Aus dem Schwedischen von Verena Reichel
1994. 240 Seiten

Wer lesend Erkenntnisse gewinnen mag, wird bei Lars Gustafsson fündig. Seine wundervoll einfach erzählte, tiefgründige Geschichte *Die Sache mit dem Hund* handelt von einem Richter, den das Alter nicht von einer Liebelei abhält, der aber in seinem Alltag die ständige Virulenz des Bösen registriert, auch in sich selbst. Ein intellektueller und stilistischer Genuß!
Buchmarkt

Lars Gustafsson hat, der heiteren Beiläufigkeit zum Trotz, einen großen, aber einen schwarzen Roman geschrieben: Anselm wird benützt, um den Teufel zu beweisen, aber das Böse ist größer als seine Denkbarkeit, die Aufklärung ist tot – und auch die Dialektik von Gut und Böse, die Dialektik der Aufklärung, taugt nichts mehr. Das Böse hat gesiegt.
Weltwoche

Im jüngsten Roman des in Austin, Texas, lebenden Schriftstellers Lars Gustafsson ist die Welt überdeutlich klar – surreal, wo das Alltägliche wie unter der Lupe vergrößert aus seinem Zusammenhang herausgelöst wird – und mit leichter Feder gezeichnet, die neben Witz und Ironie einen kleinen Kometenschweif an philosophischen Fragen hervorbringt.
Neue Zürcher Zeitung